中华
魂
ZHONGHUA HUN

百部爱国故事丛书

全民皆兵 抗击日寇

——抗日战争的故事

冯 吉 李凤村 编著

吉林人民出版社

图书在版编目（CIP）数据

全民皆兵 抗击日寇：抗日战争的故事 / 冯吉，李凤村编著 . -- 长春：吉林人民出版社，2011.3（2025.4 重印）

（中华魂·百部爱国故事丛书）

ISBN 978-7-206-07519-3

Ⅰ . ①全… Ⅱ . ①冯… ②李… Ⅲ . ①故事—中国—当代 Ⅳ . ① I247.8

中国版本图书馆 CIP 数据核字 (2011) 第 032581 号

全民皆兵 抗击日寇
——抗日战争的故事
QUANMIN JIEBING KANGJI RIKOU
——KANGRI ZHANZHENG DE GUSHI

编 著：冯 吉 李凤村

责任编辑：金 鑫 封面设计：孙浩瀚

制 作：吉林人民出版社图文设计印务中心

吉林人民出版社出版 发行（长春市人民大街7548号 邮政编码：130022）

印 刷：北京一鑫印务有限责任公司

开 本：787mm×1092mm 1/16

印 张：8 字 数：64千字

标准书号：ISBN 978-7-206-07519-3

版 次：2011年3月第1版 印 次：2025年4月第3次印刷

定 价：35.00 元

如发现印装质量问题，影响阅读，请与出版社联系调换。

总 序

中华魂·百部爱国故事丛书

　　《中华魂》是一套故事丛书。它汇集了我国自鸦片战争以来一百八十余年间的近百位民族英雄、仁人志士、革命领袖、先进模范人物的生动感人事迹,表现了他们作为中华儿女的伟大的爱国主义精神。

　　爱国主义是人们对于"生于斯、长于斯、衣食于斯"的祖国的一种神圣感情,是人们对于自己民族的一种强烈的责任感和使命感,是感召和激励整个中华民族的一面永不褪色的旗帜。在一百多年的中国近现代史上,爱国主义一直激励着中华儿女为祖国的独立、统一、进步和繁荣而英勇奋斗。从"苟利国家生死以,岂因祸福避趋之"的林则徐,到"我自横刀向天笑,去留肝胆两昆仑"的谭嗣同;从"铁肩担道义,妙手著文章"的李大钊,到"青春换得江山壮,碧血染将天地红"的赵一曼;从"县委书记的好榜样"的焦裕禄,到"问鼎长天,扬我国威"的邓稼先……都表现出了强烈的爱国主义精神。正是由于热爱祖国的人们前仆后继地奋斗,国家和民族才得以生存,才能够在一次次历史危急关头转危为安,走向兴盛和富强,从而屹立于世界民族之林。爱国主义是鼓舞中华儿女历经忧患、跨越沧桑、百折不挠、自强不息的伟大力量,它贯穿于中华民族的整个历史,并有力地凝聚着五洲四海的中国人。

爱国主义是一个历史的范畴,在社会发展的不同阶段、不同时期有不同的具体内容。革命时期,需要我们为祖国的独立自主出生入死;建设时期,需要我们为祖国的繁荣富强增砖添瓦。在全国各族人民团结一心,开启全面建设社会主义现代化国家新征程的今天,我们要争做一名新时期的爱国者。新时期的爱国者要有强烈的民族自尊心、自豪感。民族自尊心、自豪感是任何时期、任何爱国者都必须具备的情感。民族自尊心能增强我们自立向上的恒心,民族自豪感能树立我们建设祖国的信心。要树立"祖国高于一切"的崇高信念,为了祖国和人民的利益不惜抛却个人的利益,甚至不惜牺牲个人的生命。我们要树立终身学习的理念,拓宽自己的知识面,广泛吸收新知识、新技术,完善自身的知识结构,更新学习知识的方法与理念,从思想上、知识上充分武装自己,为祖国的繁荣昌盛贡献力量。

　　爱国主义思想的继承和发扬,是关系到民族盛衰、国家兴亡的根本问题。爱国主义思想情操的形成,需要不断地培养。培养爱国主义精神的一个重要途径是向英雄人物和典范事迹学习和致敬。这套丛书的出版,对于青少年向英雄和先进人物学习,特别是对于在中小学生中进行爱国主义教育是不可多得的生动的教材。祝愿此书出版发行成功,为培养时代新人做出贡献。

胡维革

中华魂

百部爱国故事丛书

编 委 会

策　划：　胡维革　　吴铁光
　　　　　林　巍　　冯子龙
主　编：　胡维革　　邢万生
副主编：　贾淑文　　杨九屹
编　委：　（按姓氏笔画为序）
　　　　　于二辉　　刘士琳
　　　　　刘文辉　　孙建军
　　　　　李艳萍　　吴兰萍
　　　　　谷艳秋　　隋　军

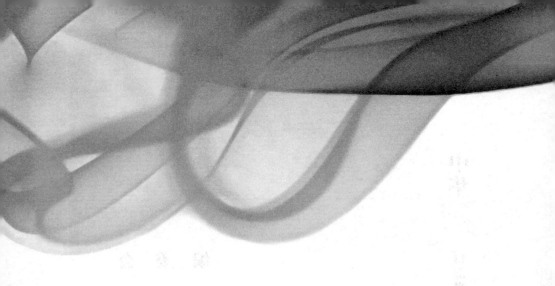

战争史上的奇观

中华民族的壮举

惊天动地的伟业

——毛泽东

目　录

中华魂 百部爱国故事丛书
ZHONGHUA HUN

九一八事变与东北沦陷

九一八事变

1931年9月18日晚，日本关东军独立守备队第二大队第三中队队副河本末守中尉带领7名士兵到北大营西南800米的柳条湖，将42包黄色炸药设置在南满铁路的轨道上。10时20分，轰隆一声巨响，炸坏1米多长的一段钢轨和2根枕木，然后诬称是中国东北军所为。早已埋伏在北大营外围的日军向东北独立第七旅驻地北大营发起进攻。于是九一八事变完全按照关东军的预定计划爆发了。

辽宁沦陷

板垣征四郎在沈阳以关东军司令官先遣参谋的名义代行发布"扫荡北大营之敌，进攻沈阳城"的命令。而后即率关东军机关和驻旅顺的步兵第三十联队及重炮兵大队等，于19日中午到达沈阳。4时45分，日本

　　图为被指为遭到破坏的南满铁路柳条湖段。当晚10时许，日本关东军岛本大队川岛中队河本末守中尉率部下数人，在沈阳北大营南约800米的柳条湖附近，将南满铁路一段路轨炸毁，称是中国军队破坏铁路。日军独立守备队第二大队立即向中国东北军驻地北大营发动进攻。次日晨4时许，日军独立守备队第五大队从铁岭到达北大营加入战斗。5时30分，东北军第七旅退到沈阳东山嘴子，日军占领北大营。战斗中东北军伤亡300余人，日军伤亡24人。这就是震惊中外的九一八事变。

第二师团长多门二郎率兵赶到沈阳，马上占领了兵工厂、飞机场和东大营。拂晓，日军第二十九联队由西南角城墙豁口进城，一面用机枪扫射，一面抢先占领无线电台、各银行及各重要机关，于19日晨6时半完

全占领沈阳。关东军在占领沈阳的同一天，又按事先制定的作战计划，向长春以南的铁路沿线的重要城镇进行突然袭击，侵占了安东、凤城、本溪、辽阳、海城、营口、抚顺、铁岭、四平、公主岭以及其他重要城市。至此辽宁沦陷。

吉林沦陷

1931年9月19日5时，日军第四联队第二大队的两个中队接近驻扎在长春东北军一营驻地。此时东北军刚刚起床，当发现日军袭击时，便利用窗口进行抗击，但由于无准备、无组织，一时出现混乱。日军冲

进后首先将该营12门火炮破坏。该营战至6时40分，突破围墙撤退。长春城内驻有省防军700余人。独立第二十三旅旅长兼吉长镇守使李桂林闻风逃走，驻军被日军缴械。日军于19日占领长春，9月21日多门二郎率领日军不费一枪一弹即占领了吉林，9月23日又侵占了蛟河和敦化。在此之前，吉林东部的延吉、珲春、汪清、和龙等县已被日军占领。24日，日军又向辽宁和吉林西北进犯，先占通辽，继而又占新民，25日进占洮南。

老长春城门

江桥抗战

日本侵略军占领辽宁、吉林，继续向黑龙江省进犯。那时黑龙江省省会在齐齐哈尔，日军要占领齐市，必须经过洮（洮南）昂（昂昂溪）铁路上的嫩江桥。刚刚受任的黑龙江省代理省主席兼军事指挥马占山，不顾国民政府的不抵抗命令，以约3个旅的兵力布防于嫩江北岸，扼守嫩江桥。11月4日，日军以满铁守备队进攻，被击退。6日，关东军以主力第二师团投入作战。因部队伤亡过大，后援无继而撤退。19日，日军占领齐齐哈尔。江桥抗战历时半个月，是九一八事变后中国军队对日军的第一次有力抵抗，马占山虽败犹荣，获得国人赞誉。

嫩江铁路

全民皆兵 抗击日寇

——抗日战争的故事

露营中的东北抗联第一路军战士

描绘抗日联军艰苦斗争的油画

黑龙江沦陷

1932年1月30日，向哈尔滨进犯的关东军第三旅团长谷照部于当晚8时进抵双城车站。31日双城失守，哈尔滨门户洞开。日军第二师团各部于2月3日先后到达苇塘沟河地区。4日下午，日军在铁路两侧的顾乡约屯以南、永发屯、杨马架一线展开，第三旅团在铁路以东，第十五旅团在铁路以西。炮火准备后，日军发起攻击。日军侵占哈尔滨后，沿中东路向东进犯，于三四月间相继占领了哈东的海林、宁安、方正等要地。

东北义勇军

东北义勇军是九一八事变以后东北沦陷初期以旧军队为基础的自发抗日武装力量，人数最多时曾达30万人上下，活动地区几乎遍布全东北。东北义勇军的兴起，有力地打击了日本帝国主义的侵略野心，激发了全国人民的抗日意志，并且及时地在全世界人民面前揭穿了日本帝国主义伪造民意、树立伪满傀儡政权的阴谋。东北义勇军不顾一切，揭竿而起，以血肉和敌人相拼，这种民族正气、爱国精神，是永远值得歌颂敬佩的。

东北抗日联军

东北抗日联军是中国共产党领导下的一支英雄部队。它的前身是东北抗日义勇军余部、东北反日游击队和东北人民革命军，是20世纪三四十年代中国人民

　　图为坚持抗日的东北义勇军。东北抗日义勇军的抗日经历大体分为三个阶段：东北军民奋起抗日阶段（1931.9～1932.2）。九一八事变发生时，辽宁省警务处处长黄显声先率领部分警察部队抗击日军，后在辽西地区将民团和地方保安部队组成民众抗日义勇军。10月初，曾任凤城县警察署署长的邓铁梅在该县建立东北民众自卫军。至1932年2月底，东北抗日义勇军发展到近20万人，在各地开展游击战，打击日伪军。蓬勃发展时期（1932.3～1932.10）。伪满洲国建立后，日本帝国主义为稳定其殖民统治，不断对义勇军进行"讨伐"。义勇军主动出击，部队迅速发展壮大，是年夏秋达到鼎盛时期，总人数约50万。坚持战斗时期（1932.11～1940）。日军对各地义勇军进行大"讨伐"。在强敌进攻下，东北义勇军由于自身存在的许多弱点，加之得不到国民党政府的支援，致被各个击破，大多数主要领导人脱走，部队大部瓦解。计有14万余人伤亡，4万余人投降、被俘，6万余人脱走，还有少部分战至1940年。热河省义勇军2万余人，在热河沦陷后继续战斗，有近千人坚持到1940年前后。东北抗日义勇军坚持抗日斗争十年，战斗2万余次，毙伤俘日军5万余人、伪军6万余人，给日伪军以沉重打击。

　　东北抗日联军成立之后，强有力地打击了日本侵略者，动摇了侵略者的大后方，日本侵略者不得不调集大批部队一次又一次进行疯狂的"讨伐"，实施"三年治安肃正计划"；加之抗日联军与上级党组织失去了联系，地方党组织遭到毁灭性破坏，山上密营损失殆尽，粮食、药品、盐等给养完全断绝，许多优秀的指战员壮烈牺牲，部队损失惨重。从1939年到1940年，东北抗日联军的游击战争转入极端艰苦的斗争阶段。但是东北抗日联军的意志没有被打垮，抗联部队缩编，开展小型游击战争，保存了一部分精华和骨干力量，进入苏联境内整训。在苏联整训期间不断派小部队深入中国抗联游击区进行游击战，直到1945年8月，他们配合苏军重新进入东北，在解放东北的斗争中起到了重要作用。

抵抗日本帝国主义侵略的伟大民族解放战争的重要组成部分，在中国的革命史上有不可磨灭的伟大功绩。在日本侵略者的大后方，他们14年的艰苦斗争牵制了数十万日伪军，有力地支援了全国的抗日战争，他们可歌可泣、英勇无畏的牺牲精神，是中华民族争取独立宁死不屈精神的集中体现。

华北危机和抗日统一战线的初步形成

淞沪抗战

1931年九一八事变后，日本帝国主义得寸进尺，企图侵占上海作为继续侵略中国的基地。1932年1月28日夜间，日本侵略军由租界向闸北一带进攻，驻守上海的十九路军在全国人民抗日高潮的推动下，奋起抵抗，开始了淞沪抗战。在中国共产党领导下，上海日本工厂工人举行抗日同盟罢工，各界人民组织反日救国会，纷纷参加抗日义勇军、运输队、救护队等，积极支援前线。淞沪抗战在上海军民的英勇斗争下，坚持了1个多月，使日本侵略者受到沉重打击，死伤1万余人，四度更换司令。由于国民党政府坚持不抵抗政策，破坏淞沪抗战，十九路军被迫撤离上海。在英、美、法等国调停下，国民党政府和日本签订了卖国的《淞沪停战协定》。

长 城 抗 战

1933年1~5月，中国军队抗击侵华日军进攻热河（今分属辽宁、河北、内蒙古），长城的山海关、冷口、古北口、喜峰口和滦东等地的作战，史称长城抗战。长城抗战是九一八事变后，中国军队在华北进行的第一次较大规模的抗击日本侵略的战役。此次战役持续4个多月，给侵华日军以沉重打击，在中国乃至世界都产生了积极的影响。

察哈尔民众抗日同盟军的抗日战斗

1933年初，日军向塞外重镇多伦进犯，察哈尔危在旦夕。冯玉祥将军与中国共产党合作，改编、整顿了察省的零散部队、义勇军等，于1933年5月在张家口正式组建察哈尔民众抗日同盟军，并任总司令。同盟军在短时间内迅速发展至10余万人。同盟军组建后，驰骋察省，收复失地，使察省失地全部光复。察哈尔抗日同盟军虽在蒋介石国民政府的镇压下被迫解散，但其抗日精神激发了全国民众的爱国热情，推动了全国的抗日运动，其抗日业绩永垂中华民族史册。

　　冯玉祥,字焕章,安徽巢县人,军事家、爱国将领。清末入淮军当兵,后投北洋军,升任河南督军及陆军检阅使等职。反对袁世凯称帝,讨伐张勋复辟。1924年第二次直奉战争中,发动北京政变,推翻曹锟政府,驱逐清逊帝溥仪出宫。他脱离直系军阀,改所部为国民军,任总司令兼第一军军长,并电请孙中山北上主持国家大计。不久,迫于奉、皖军阀的压力,赴张家口任西北边防督办,将第一军改称暂编西北陆军。1926年秋在绥远五原誓师,就任国民军联军(后改为国民革命军第二集团军)总司令,并率部参加北伐战争,出兵潼关,会师中原。1927年一度附和蒋介石、汪精卫清党反共。因与蒋发生利害冲突,1930年联合阎锡山、李宗仁等举兵反蒋介石,爆发中原大战,失败后下野,所部被蒋收编。九一八事变后,组织察哈尔民众抗日同盟军,任总司令后被蒋介石所迫辞职。抗战胜利后,反对蒋介石的内战独裁政策,要求组织联合政府。1948年1月1日,中国国民党革命委员会在香港成立,冯被选为中央常务委员兼政治委员会主席。是年7月应中国共产党邀请回国参加中国人民政治协商会议筹备工作,于9月1日因所搭轮船经黑海时失火,不幸遇难。冯玉祥勤奋好学,崇尚简朴,以治军严、善练兵、注重近战和夜战著称。

指挥绥远抗战的三位将军。左起依次为：赵承绶、傅作义、王靖国。

绥 远 抗 战

  1933 年 7 月，日军侵占了内蒙古绥远部分地区后，蒙古族上层反动分子德穆楚克栋鲁普（德王）公开投降日本，成立伪蒙古军政府。1936 年 8 月，日本侵略军指挥蒙军向绥远东北地区进攻，绥远省政府主席兼第三十五军军长傅作义率部奋勇抗击。12 月 9 日，绥远驻军收复了日伪的重要据点百灵庙和大庙，重创"日蒙联军"，至此战役全部结束。绥远抗战是中国军民自 1933 年开展抗战以来获得的第一次胜利，使全国军民欢欣鼓舞。

西安事变

西安事变，又称双十二事变，是当时任职西北剿匪副总司令、东北军领袖张学良和当时任职国民革命军第十七路军总指挥、西北军领袖杨虎城于1936年12月12日在西安发动的直接军事监禁事件，扣留了当时任职国民政府军事委员会委员长和西北剿匪总司令的蒋介石，目的是"停止剿共，改组政府，出兵抗日"。西安事变及其和平解决，对促成以国共两党合作为基础的抗日民族统一站统的建立，起了重要的作用。

"一二·九"运动

1935年12月9日，北平发生的"一二·九"运动是中国共产党领导的一次大规模学生爱国运动。"一二·九"运动公开揭露了日本帝国主义侵略中国、并吞华北的阴谋，打击了国民党政府的妥协投降政策，大大地促进了中国人民的觉醒。它配合了红军北上抗日，促进了国内和平和对日抗战。它标志着中国人民抗日民主运动新高潮的到来。正如毛泽东所指出的，"一二·九"运动"是抗战动员的运动，是准备思想和干部的运动，是动员全民族的运动"，"有着重大的历史意义"。

伪满洲国成立

伪满洲国是1931年九一八事变后，日本侵略者利用前清废帝爱新觉罗·溥仪在东北建立的一个傀儡政权。通过这一傀儡政权，日本在中国东北实行了14年之久的殖民统治，使东北同胞饱受了亡国奴的痛苦滋味。此傀儡政权"领土"包括现中华人民共和国辽宁、吉林和黑龙江三省全境、内蒙古东部及河北北部。当时中国南京国民政府不承认这一政权。

国际上以日本为首的法西斯等国家或政府承认伪满洲国，国际联盟主张中国东北地区仍是中国的一部分，中国政府从未承认这一分裂中国领土恶劣行径的傀儡政权。1945年8月8日，苏联照会日本，将于次日对日本宣战。8月11日，溥仪随伪满洲国政府撤退到通化临江县大栗子镇。8月15日，日本宣布投降。8月16日，溥仪召开最后一次"国务会议"，颁布《退位诏书》。伪满洲国彻底覆灭。

溥仪在日本人的指使下，穿元帅装"登基"，成为伪满"康德皇帝"，这是"登基"后的留影。溥仪，是清朝最后一位皇帝，也是中国的末代皇帝，通称宣统皇帝，也被尊为清逊帝。字浩然，取自孟子"吾善养吾浩然之气"之意。醇亲王奕　（道光帝第七子，咸丰帝之弟醇贤亲王）之孙、载沣（第二代醇亲王）长子，母亲苏完瓜尔佳·幼兰（荣禄之女）。光绪（溥仪的伯父）死后继位，是清朝的末代傀儡皇帝。后经日本帝国扶持建立伪满洲国当皇帝，但实际上只不过是日本人的一个傀儡和侵略中国的工具。抗战结束后被判处有期徒刑15年。中华人民共和国成立后，获释并经过改造成为新公民，著有《我的前半生》等作品，是重要的史料。后因患肾癌而去世，享年62岁。火葬后骨灰安放于北京八宝山革命公墓侧室，时任总理周恩来指示移放于正室，后又移葬华龙皇家陵园。

抗联英雄谱

打响了抗日第一枪：马占山

1931年9月18日，日本关东军在沈阳炮轰东北军北大营，揭开侵占中国东北的序幕。民族奇耻大辱让国人悲愤。11月4日，黑龙江的一位小个子军人——黑龙江省代主席马占山，率部在泰来县江桥镇境内的嫩江桥打响了抗击日寇的第一枪。

红枪白马女政委：赵一曼

1932年春，赵一曼被派到东北地区工作，先后在奉天(沈阳)、哈尔滨领导工人斗争。1935年秋，她兼任东北人民革命军第三军一师二团政委，被当地战士们亲切地称为"我们的女政委"。

1935年11月，她率领的部队被日伪军包围，她要团长带队突围，自己担任掩护，左手手腕中弹负伤。她在村里隐蔽养伤被敌人发现而被捕。她被押到哈尔滨伪滨江省警务厅受刑后几度昏迷，仍坚贞不屈，后英勇就义。

全民皆兵 抗击日寇

——抗日战争的故事

七七事变和全面抗战的爆发

七七事变

1937年7月7日夜，卢沟桥的日本驻军在未通知中国地方当局的情况下，径自在中国驻军阵地附近举行所谓军事演习，并诡称有一名日军士兵失踪，要求进入北平西南的宛平县城(今卢沟桥镇)搜查，中国守军拒绝了这一无理的要求。日军竟开始攻击中国驻军，中国驻军第二十九军三十七师二一九团奋起还击，进行了顽强的抵抗。宛平城的枪声掀开了全民抗日的序幕。

淞沪会战

淞沪会战是1937年8月13日起中国军队抗击侵华日军进攻上海的战役，又称作"八·一三"淞沪战役，这场战役是中国抗日战争中第一场重要战役，也是抗日战争中规模最大、战斗最惨烈的战役，前后共历时3个月，日军投入8个师团和6个旅30万余人，死伤7万余人，中国军队投入75个师和9个旅60余万人，伤亡达15余万人，至1937年11月12日上海沦陷，淞沪会战结束，江阴保卫战开始。在淞沪会战中中国军民浴

淞沪会战中的八百壮士

在战役的最后阶段，10月26日晚，守卫大场防线的中国军队第八十八师第五二四团第二营400余人（报界宣传称"八百壮士"），在副团长谢晋元、营长杨瑞符的指挥下，奉命据守苏州河北岸的四行仓库，掩护主力部队连夜西撤。在日军的重重包围下，守卫四行仓库的中国军队孤军奋战，誓死不退，坚持战斗4昼夜，击退了敌人在飞机、坦克、大炮掩护下的数十次进攻。与此同时，上海人民也以极大的爱国热情支持和鼓励着壮士。人们冒着生命危险，把慰问品、药品源源不断地送入了四行仓库，支持壮士们抗击日军。战至30日，守军接到了撤退命令，中国守军冲出重围，退入英租界。这次英勇作战，中国军队以寡敌众，共毙日军200余名，被国际社会赞为奇迹。

血苦战，粉碎了日本"三个月灭亡中国"的狂妄计划，并争取了时间，从上海等地迁出大批厂矿机器及战略物资，为坚持长期抗战起了重大作用。

内 迁 运 动

1937年淞沪会战后，由于敌强我弱，防御迅速溃败，到1938年9月中国丧失了华北、华中、华南大片国土。沿海沿江大城市及华北华南的工厂有毁于战火或沦入日军手中的危险。国民政府为了保障战时物资的供应，组织党政机关、大学院校、厂矿企业、技术

由郑州迁往重庆的豫丰纱厂

工人、资本和难民内迁。另外，也有民众不堪天灾人祸自发西进。一些爱国的民族资本家不甘沦为亡国奴，更不愿工厂落入日本人手中，也把工厂迁入西南和西北地区。这次大迁徙，客观上对西部人口结构、生产技术革新和经济社会发展，具有一定的意义。

平型关大捷

平型关大捷是指八路军——五师3个团于1937年9月25日在平型关伏击日本第五师团二十一旅团辎重队，歼其1 000余人的战斗。它是中国开战以来第一个歼灭战，鼓舞了全国人民的士气。八路军首战告捷，表现出中国人民确有战胜敌人的勇气和力量，使全国人民看到了中华民族的希望所在，打破了日军"不可战胜的神话"！

全面抗战的深入

南京保卫战

南京保卫战，是1937年11月国民革命军在上海淞沪会战中失利后展开的一次保卫上海以西仅300多千米南京的作战。该战役由时任南京卫戍司令长官唐生

日机空袭南京，中国守军用高射机枪还击

智指挥 15 万军队与日军抵抗作战。由于国民党当局在战役组织指挥上出现了重大错误，战前未做周密部署，最后决定突围时又未拟定周密的撤退计划，更没有经过参谋作业，致使守军在突围中，自相践踏，争相夺路，损失惨重，军事抵抗就此瓦解。12 月 13 日，南京沦陷，不足 5 万人的日军入城，由此开始了连续 8 个多月对 30 多万战俘平民的震惊世界的南京大屠杀。

南京大屠杀

南京大屠杀指第二次世界大战期间，侵华日军于 1937 年 12 月 13 日攻陷中国的南京之后，在南京城区及

日军杀害中国无辜青年

郊区对中国平民和战俘进行的长达6个星期的大规模屠杀、抢掠、奸淫等战争罪行。据中国学者考证，在南京大屠杀中死伤的中国民众高达30万人以上，而日本学者则众说纷纭，还有部分人试图抹杀事实。

为了纪念这场震惊世界的惨案，1985年，南京人民在当年日军集体屠杀中国人的现场遗址之一的江东门建立了一座侵华日军南京大屠杀遇难同胞纪念馆，并在展厅陈列了大量的资料、文献、图表、照片和实物，揭示了侵华日军占领南京后杀、烧、淫、掠的种种暴行。此外，还在其他屠杀现场如燕子矶、草鞋峡、中山码头、汉中门等遗址及遇难同胞尸骨丛葬地中华门外等处，建立了15块纪念碑。

南京大屠杀纪念碑

图中左二即时任德国驻华大使陶德曼。陶德曼原名特劳特曼·奥斯卡·普，德国外交官，1924年任驻日大使馆临时代办，1931年冬任驻华公使，1935年使馆升格后任大使。1937年10月至1938年1月，他奉德国政府之命，与驻日大使狄克逊斡旋于中日政府之间，为谋求"停战"与"和平"开展了一系列秘密外交活动，并由此酿成抗日战争初期日本诱降和南京国民政府暗中对日妥协的一次未遂事件，即陶德曼调停事件。

陶德曼调停

陶德曼调停，指中国抗日战争中，日军遭到中国军队顽强抵抗后，通过德国驻日大使示意让德国作为中日谈判的调停人，德国政府表示同意，遂决定让德国驻中国大使陶德曼（Dr.Oskar P.Trautmann）担当此任，陶德曼为和平解决中日战争而所做的调停工作就是陶德曼调停。但由于日本提出的七项条件十分苛刻，中国政府难以接受，致使调停失败。

血战台儿庄

台儿庄战役是国民党军队保卫徐州的一次外围战役。第五战区司令长官李宗仁指挥下的国民党军队，在台儿庄附近集中了40万人的优势兵力。3月下旬，矶谷师团在飞机的掩护下，集中4万人，配以坦克、大炮，向台儿庄发动了猛烈的进攻。国民党守军进行了顽强抵抗，战斗进行得十分激烈。

4月初，外围部队切断了敌军的退路，并集中优势兵力向矶谷师团发动猛攻。城内的日寇一面疯狂抵抗，一面向坂垣师团求救。但赶来救援的坂垣师团在向城一带遭到中国军队的沉重打击，被歼灭3 000余人。矶谷师团见救援无望，决定以死相拼，一个个杀红了眼。国民党军队虽以5倍的兵力围攻，并付出极大的伤亡代价，但竟难以将敌人消灭，战争一时呈胶着状态。

4月6日，中国军队向矶谷师团发起了全线出击。由于中国军队的优势兵力难以在城内展开，双方便展开了巷战、肉搏战，一时间，台儿庄城内枪林弹雨，

血流成河。日军头一次遭到了国民党军队的如此顽强
进攻，很快便溃不成军。矶谷见大势已去，便率残兵
仓皇逃走。台儿庄战役以国民党军队的胜利宣告结束。
这次战役，共歼灭日军2万人左右，是国民党战场在

中国军队赴援台儿庄阵地

全民皆兵 抗击日寇

——抗日战争的故事

　　图为指挥台儿庄战役的中国第五战区司令长官李宗仁。台儿庄为山东省枣庄市辖区，地处苏鲁两省交界处，总面积538.5平方公里，辖5个镇、1个街道、351个行政村。台儿庄为山东南大门、江苏北屏障，历来为兵家、商家必争之地。1938年春，发生在此的台儿庄大战，歼敌2万余人，英雄的台儿庄被誉为"中华民族扬威不屈之地"，被世界旅游组织誉为"活着的运河""京杭运河仅存的遗产村庄"。重建后的台儿庄古城，将成为世界上继华沙、庞贝、丽江之后的第四座重建的古城！

抗战初期取得的一次大胜利。

黄河花园口决堤

　　黄河花园口决堤，又称花园口事件、花园口惨案，是中国抗战史上与长沙大火、重庆防空洞惨案并称的三大惨案之一。1938年5月19日，侵华日军攻陷徐州，并沿陇海线西犯，郑州危急，武汉震动。6月9日，为阻止日军西进，蒋介石采取"以水代兵"的办法，下令扒开位于中国河南省郑州市区北郊17千米处的黄河南岸的渡口——花园口，造成人为的黄河决堤改道，形成大片的黄泛区，史称花园口决堤。致使数百万计的中国老百姓挣扎在怒涛骇浪之中，命运十分悲惨。

花园口灾民

地　道　战

　　地道战是抗日战争时期，在华北平原上抗日军民利用地道打击日本侵略者的作战方式。经过不断的发展，从单一的躲藏成为能打能躲、防水防火防毒的地下工事，并逐渐形成了房连房、街连街、村连村的地道网，形成了内外联防，互相配合，打击敌人。1965年，电影《地道战》上映，至今仍是观众心目中的红色经典，经久不衰，创造出共18亿人次观看的纪录。2010年，电视剧《地道战》上映。

　　1941年秋，冀中平原的抗日斗争进入困难阶段，日伪军"扫荡"日益残酷。冀中人民抗日武装为了保存自己的力量，长期坚持平原游击战争，开始挖掘和利用地道对日伪军进行斗争。初冬，清苑县冉庄民兵先在自己家中挖了单口隐蔽洞(俗称蛤蟆蹲)，很快遭到日伪军的破坏。民兵把单口隐蔽洞改造成能进能出的双口隐蔽地道，但仍不能有效地进行战斗,多数地道又遭到破坏。

　　1942年夏季反"扫荡"开始后，中共冀中区委和冀中军区号召冀中人民普遍开展挖地道的活动,地道的构造不断改进和完善,初步形成户户相通、村村相连,既能隐蔽、转移,又便于依托作战的地道网络,成为长期坚持冀中平原抗日斗争的坚强地下堡垒。舟庄的地道也有较大的发展,共有4条主要干线、24条支线,村内户户相通,向外可通往孙庄、姜庄、隋家坟、河坡等村,全长30余华里。地道一般宽1米、高1.5米、顶部土厚2米以上;地道内设有瞭望孔、射击孔、通气孔、陷阱、活动翻板、指路牌、水井、储粮室等,便于进行对敌斗争。

地道的产生

1939年初,日军侵占了冀中蠡县后,经常包围村镇,制造了一次又一次血案。惨痛的教训,逼得蠡县的抗日军民不得不想个好办法,以躲避敌人的突然袭击。受野外挖洞藏身的启发,当时蠡县的县委书记王夫指示,选基础好的村,在偏僻院落挖多条秘密地道,且院院相通、家家相连,敌人来时便于躲避。后来,经过县委决策,在蠡县的各抗日村镇发展起了网络地道,即各家相通、各街相通、各洞相通、各村相通。有的村还发明了连环洞，即洞下有洞、洞中有洞、有真洞、有假洞，令人眼花缭乱。在战斗中，这种被改进的地道很快发挥了它的威力。

1941年春天，蠡县辛桥据点有30多个日伪军出动"扫荡"。已经挖好地道的游击队员个个摩拳擦掌地等着敌人来较量一番。当敌人来到时，埋伏在村口的游击队一阵排子枪和手榴弹打倒了七八个，敌人措手不及，待拉开架势要进攻时，游击队员已经钻入地道无影无踪。当敌人撤退时，游击队员又从野外的地道钻出，在背后又是一阵猛打，包括一个日军小队长在内的这股敌人几乎全部被歼灭。这一仗打得神出鬼没，一时间，当地抗日军民士气大振，昔日大摇大摆地出来"扫荡"的日伪军的气焰也不再嚣张了。

冀中根据地领导黄敬、吕正操把蠡县地道战这个新生事物向少奇同志作了汇报。少奇同志对地道战很感兴趣，指示他们要从当地的实际出发，把地道战的战术发扬光大。于是，冀中军区司令员吕正操和政委程子华决定将这一经验向整个根据地推广。

1942年"五一大扫荡"后，冀中根据地的抗战形势空前严峻，地道战便在各个抗日村镇广泛展开，清苑县冉庄村的地道战就是在这次扫荡中打出了名的。

地道的分布范围

地道的分布范围大概是北起北京南郊，西到保定中部偏南，东到沧州以西廊坊偏南，南至石家庄北部及衡水中北部地区。面积大概是以保定中东部为中心，方圆直径为130公里。

新 阶 段

从1943年开始，地道战进入了一个新的发展阶段，在冀中平原和冀南一些地方，逐渐形成了房连房、街连街、村连村的地道网，形成了内外联防、互相配合、打击敌人的阵地。地道战开始后，敌人也曾费尽心机，采用寻找洞口和放火、放水、放毒等办法进行破坏。但是，党领导群众不断改进地道，使其更加完善。为使敌人不易发现洞口，除对群众进行必要的保密教育外，还把洞口巧妙地隐蔽起来，用墙壁、锅台、水井、土

全民皆兵　抗击日寇

——抗日战争的故事

炕做掩护；为使敌人不敢进入洞内，在洞口修筑陷阱、埋设地雷、插上尖刀，或者在洞内挖掘纵横交错的"棋盘路"；为了防止敌人用水、火、毒破坏地道，还在洞内设有卡口、翻板和防毒、防水门，或者将地道挖得忽高忽低、忽粗忽细，并且设有直通村外的突围口。这样，地道便成了进可攻、防可守、退可走的地下堡垒。

抗日战争的高潮

武汉保卫战

1938年6月至10月，中国军队在武汉地区同大举进攻企图一举"解决中国事变"的日军展开抗战以来最大规模的会战。战场在武汉外围沿长江南北岸展开，遍及安徽、河南、江西、湖北4省广大地区。 武汉地区位于华中地区中心，1937年11月，国民政府部分机构迁至武汉后，该地实际成为中国的军事、政治、经济中心，日军大本营认为"通过这一作战，可以做到

武汉保卫战中，信阳的中国守军向日军发射迫击炮

湖北童子军战时服务团欢迎空战英雄

以武力解决中国事变的大半"，因而积极准备进攻武汉。

武汉保卫战历时4个半月，毙伤敌近4万人。截至武汉会战，日本企图"速战速决"一举摧毁中国抵抗力量的目的不仅没有实现，自身人力、物力、财力的消耗也达到空前程度。特别是中国共产党领导的敌后游击战争的猛烈发展，钳制了大量日军，拖住了日军对正面战场的战略进攻。日本被迫转入长期持久的局面。此战对中国人民抗日战争具有重大转折意义。以武汉会战结束为标志，中国抗日战争进入战略相持阶段。

武汉保卫战万家岭战役中，中国军人用重机枪扫射日军

闽 粤 沦 陷

闽粤海岸线绵延约 3 000 公里，掌握绝对制海、制空权的日军利用台湾、澎湖列岛为基地，可在沿海岸各地随意择要登陆，使中国军队在这漫长崎岖的海岸线上防不胜防。但除广州战略位置相当重要外，这一带地区陆上交通极为不便，难以进行机械化大兵团作战，而且与中原要地相隔遥远，战略影响不大。抗战前，国民政府军事当局估计日军只会进行要点登陆作战，其意图有二，一是切断中国海上补给线，二是分散和牵制中国兵力，配合主力在华北、华东和华中作战，并认为日军最有可能占领的要地是广州、厦门、

铁道游击队

抗日战争时期，山东枣庄地区富产煤炭，既是敌我战略交通要地，又是日本帝国主义掠夺我国煤炭的主要基地。

日本侵略军为确保对枣庄地区的统治，实行铁路为链、公路为环、据点为锁的"囚笼政策"。

为了生存，一些失业的煤矿工人在奔驰的火车上飞上飞下，把火车上的货物掀下去换钱。洪振海就是其中的佼佼者。侵华日军占领枣庄后，已加入抗日武装的洪振海被党派遣返回枣庄建立秘密抗日情报站，并将情报站逐渐发展为鲁南铁道游击队。

从成立之初到抗日战争胜利，铁道游击队的任务主要包括三部分：破坏铁路、拔敌据点，从而牵制敌人兵力；搞武器弹药、布匹钱粮，保证当地抗日补给；保护秘密交通线，护送近千名干部安全过路，通往延安。铁道游击队来去无踪、身手敏捷、神出鬼没，日本侵略者又恨又怕。

福州、汕头等城市。

淞沪发生大战后，1937年8月24日，日军第三舰队司令官宣布封锁上海至汕头以南的中国沿海，并出动空军轰炸漳州、福州、广州等城市，屠杀毫无防御能力的无辜平民。厦门失陷，福建沿海丧失堡垒。1938年10月底，广州、武汉相继失陷，自此，中国沿江、沿海各工商业中心城市尽入日军手中。至1939年初，沦陷区的面积占全国领土的23%，这些地方多是中国经济最发达的地区。

抗日战争相持阶段

建立敌后抗日根据地

上海、太原失陷前后，八路军按照中共中央和毛泽东的指示，在敌后开展广泛的游击战争。一一五师一部留在以恒山为依托的晋察冀边区，主力进入以吕梁山为依托的晋西地区；一二〇师进至以管涔山脉为依托的晋西北地区；总部率一二九师主力进入以太行山为依托的晋冀豫边区。晋绥根据地。1937年11月，国民党军队弃守太原后，八路军一二〇师在晋西北发动了绥东、绥西、绥南以及察哈尔的游击战争，开辟

图为抗战时期的延安。延安古称延州，北连榆林市，南接关中咸阳、铜川、渭南三市，东隔黄河与山西省临汾市、吕梁市相望，西依子午岭与甘肃省庆阳市为邻。历来是陕北地区政治、经济、文化和军事中心。城区处于宝塔山、清凉山、凤凰山三山鼎峙，延河、汾川河二水交汇之处的位置，成为兵家必争之地，有"塞上咽喉""军事重镇"之称，被誉为"三秦锁钥，五路襟喉"。延安之名，始出于隋。为国务院首批公布的全国24个历史文化名城之一。

了大青山抗日根据地。后来，大青山区和晋西北区统一为晋绥抗日根据地。

八路军在完成了战略展开之后，接着就开展了创建根据地的战争和其他各项工作。

山东根据地。抗战爆发后，山东的共产党组织，从1937年10月至1938年6月，先后在盐山、乐陵、文登、长山、徂徕山等地领导起义，建立抗日武装，开展游击战争，并逐步开辟了10个抗日根据地。为加强统一领导，12月成立中共山东分局，同时成立八路军山东纵队，统一领导山东地区的部队。1938年5月，一一五师和一二九师各一部进入冀鲁边，将该区部队统一编为八路军东进抗日挺进纵队。随后在宁津、乐陵、盐山等地开展游击战争。从1938年12月至1939年3月，连续粉碎敌人的三次"扫荡"，开辟了冀鲁边根据地。与此同时还开辟了华中根据地、陕甘宁根据地等。敌后战场的开辟和敌后抗日根据地的建立，使日寇腹背受敌，受到极其严重的威胁。至此，日寇只得停止战略进攻，回过头来以主要兵力把守占领区。

第一次长沙会战

第一次长沙会战（又称为"第一次长沙战役""湘北会战"，日本称"湘赣会战"），指1939年9月至10

月抗日战争期间，中国
第九战区部队在以湖
南、湖北、江西三省接
壤地区对日本军队进行
的防御战役。这次战役
是继"二战"欧洲大战
爆发后日军对中国正面
战场的第一次大攻势。

日本为达到对国民
政府诱降和军事打击，
集中 10 万兵力从赣北、
鄂南、湘北三个方向向
长沙发起了进攻。第九
战区代司令长官薛岳
(1939 年 10 月 1 日被正
式任命为司令长官)为保
卫长沙，采取以湘北为
防御重点，"后退决
战""争取外翼"的作
战方针，调动了 30 多个
师和 3 个挺进纵队，共
约 24 万人参加此次战

长沙会战中方指挥官薛岳

役。至10月9日，中国军队第一九五师恢复到进占鹿角、新墙、杨林街之线，日军陆续退回新墙河以北地区；至10月14日，双方恢复战前态势。

八路军、新四军英勇抗战

抗日战争爆发后，1937年8月25日，中共中央革命军事委员会发布命令，将陕甘宁边区的中国工农红军三大主力改编为"国民革命军第八路军"，简称八路军。同年10月2日，将在南方八省活动的红军游击队，改编为"国民革命军陆军新编第四军"，简称新四军。八路军改编时有三个师，即林彪的一一五师、贺龙的一二〇师、刘伯承的一二九师团；而新四军下辖四个支队。

「坩埚炼铜锌」

抗日民众在墙上绘制宣传画，抗议鬼子抓壮丁。

　　八路军、新四军和华南抗日纵队，在1937年9月到1945年3月的7年半中，总计对敌大小战斗11.5万余次，击毙和杀伤日伪军计96万余名，俘虏日伪军计28万余名，争取投诚日伪军计10万余名，日伪总共损失计136万余名。主要缴获：炮类共计1028门，机枪共计 7 700 余挺，步马枪 43 万余枝，攻克碉堡 3.4 万余座，攻克据点 1.1 万余个。至 1944 年 5 月，八路军建立面积达 246 万平方千米、人口近 1 亿的抗日根据地，至 1945 年 8 月，八路军发展到 90 多万人，成为解放战争时期中国人民解放军的主要组成部分。

皖 南 事 变

1940 年 10 月 19 日，何应钦、白崇禧以国民政府军事委员会的名义，强令黄河以南的新四军、八路军在一个月内全部撤到江北。中国共产党从维护抗战大局出发，答应将皖南的新四军调离。1941 年 1 月 4 日，新四军军部及所属的支队 9 000 多人由云岭出发北移；6 日，行至皖南泾县茂林时，遭到国民党军 8 万多人的伏击，新四军奋战七昼夜，弹尽粮绝，除约 2 000 人突围外，大部分被俘或牺牲。叶挺与国民党军队谈判时被扣押，项英、周子昆被叛徒杀害。皖南事变发生后，周恩来在《新华日报》上愤然写下了"千古奇冤，江南一叶；同室操戈，相煎何急"的题词。

黄 河 大 合 唱

《黄河大合唱》是冼星海最重要的和影响最大的一部交响乐代表作，作于 1939 年 3 月，并于 1941 年在

苏联重新整理加工。这部作品由诗人光未然作词，以黄河为背景，热情歌颂了中华民族源远流长的光荣历史和中国人民坚强不屈的斗争精神，痛诉侵略者的残暴和人民遭受的深重灾难，展现了抗日战争的壮丽图景，并向全中国

人民音乐家冼星海

全世界发出了民族解放的战斗警号，从而塑造起中华民族巨人般的英雄形象。

　　《黄河大合唱》一问世，就迅速在中国大地上传唱，成为抗战救亡的精神号角，并推动了团结抗日的形势发展。首演时，乐队只有两三把小提琴，二十来件民族乐器，低音弦乐器是用煤油桶制成的，打击乐器的效果用脸盆、大把的勺子放在搪瓷缸子里摇晃造成效果……这支原始的乐队烘托着40多位热血青年放声高唱，《黄河大合唱》从此传遍了延安，传遍了中国，飞向了世界，此起彼伏，回响不绝，震撼人心，经久不衰。【毛主席看了演出后，特别高兴，站起来使劲

046

鼓掌,连声说:"好!好!好!"周总理也为冼星海题词:"为抗战发出怒吼,为大众谱出心声!"】

正面战场和敌后战场的抗战

枣宜会战

1940年5月至6月,中国第五战区部队在湖北省枣阳、宜城地区抗击武汉日军的进攻,称为枣宜会战。

第一阶段,是从5月1日至下旬,以枣阳为中心的作战。中国军队激烈作战,甚至达成了包围日军的预定战略计划。为了阻敌逃窜完成围歼日军队任务,中国第三十三集团军总司令张自忠亲率一部深赴敌后,误入日军包围,日军对张部展开疯狂的攻击,企图打开缺口,张自忠将军率部血战到底,不幸牺牲。日军随后展开反扑,再陷枣阳及其以北一带。中国军队退守。

第二阶段,是从5月下旬至6月24日以宜城为中心的作战。日军占领枣阳后,损失惨重,已无意再战,但担心完不成既定作战计划会失去"皇军的面子",决心继续实施第二阶段宜城作战。经反复争夺,在再次付出惨重代价后,日军才于6月12日、24日两度攻占

宜城。

枣宜会战历时近2个月，中国军队英勇抗战，沉重打击了日军，战役虽然最终失败了，但以张自忠将军为代表的中国爱国军人伟大的抗战精神给日军以强烈震撼。

百 团 大 战

百团大战是中国抗日战争时期，中国八路军与日

百团大战群雕

　　图为百团大战中八路军占领晋冀交通枢纽娘子关。娘子关是长城的著名关隘，有"万里长城第九关"之称，为历代兵家必争之地。现存关城为明嘉靖二十年（1541）所建。古城堡依山傍水，居高临下。

　　娘子关有关门两座。东门为一般砖券城门，额题"直隶娘子关"，上有平台城堡，似为检阅兵士和瞭望敌情之用。南门危楼高耸，气宇轩昂，坚厚固实，青石筑砌。城门上"宿将楼"巍然屹立，相传为平阳公主聚将御敌之所。门洞上额书"京畿藩屏"四字，展示了娘子关的重要性。关城东南侧长城依绵山蜿蜒，巍峨挺拔。城西有桃河水环绕，终年不息。险山、河谷、长城为晋冀间筑起一道天然屏障。

军在中国华北地区发生的一次规模最大、持续时间最长的战役。八路军的晋察冀军区、第一二九、第一二〇师在彭德怀统一指挥下，发动了以破袭正太铁路(石

家庄至太原)为重点的战役。战役发起第3天，八路军参战部队已达105个团，故称此为"百团大战"。

在1940年下半年的百团大战共进行大小战斗1 800余次，攻克据点2 900余个，歼灭日伪军45 000余人，破坏铁路450多千米、公路1500千米，破坏桥梁、车站258处，缴获了大批武器和军用物资，给日伪军以沉重打击，鼓舞了中国军民抗战的斗志，增强了必胜的信心，也大大提高了八路军的政治地位。

国民党的抗日游击战

1938年12月，为了推动抗日斗争的发展，国民党决定在南岳衡山举办抗日游击干部训练班，学习借鉴

南岳游击干部训练班负责人合影

国民党军队的宣传队在演讲，鼓动抗日

八路军卓有成效的抗日游击战经验。可国民党对共产党八路军游击战战略、战术和政治工作一窍不通，无奈之下，只得邀请共产党派人来衡山，教授游击战。在这种情况下，叶剑英受命率30余人的中共代表团参加了"游干班"的工作。叶剑英等在"游干班"工作近半年，为宣传中共的抗日主张、抗日民族统一战线，为传授八路军抗日游击战的战略、战术，为促进国共进一步团结抗战，争取抗日战争的最后胜利，作出了重要贡献。之后国民党军队在晋绥游击区、晋察战区、苏鲁战区、第五战区等地，开展了对日的游击战。

国民党政府的敌后游击作战，扩大了战斗空间，消耗了日军的战斗力，支持了正面战场。尤其是山东、安徽、山西等地，由于正规军较多，一段时期内成为日军后方进攻的重要目标。但是，时间不久，国民政府游击根据地即陆续丧失，至抗战后期，国民党游击队大已溃不成军，坚持留在敌后的几万人也处于游而不击、苟且图存的状态。

汪精卫降日

汪精卫(1883～1944)，原名兆铭，字季新，笔名精卫，因此历史上多以"汪精卫"称呼。曾谋刺清摄政王载沣，袁世凯统治时期到法国留学。回国后于1919

年在孙中山领导下，驻上海创办《建设》杂志。1921年孙中山在广州就任非常大总统，汪任广东省教育会长、广东政府顾问，次年任总参议。于抗日战争期间投靠日本，沦为汉奸。

《建设》杂志

九一八事变后，全国人民一致要求各党派共同抗日。蒋、汪再次合作。1935年汪被刺受重伤。1936年西安事变后，准备乘机取代蒋介石出掌政权。蒋回南京后，汪出任国民党政治委员会主席。1937年7月抗日战争爆发，汪被举为国防最高会议副主席、国民党副总裁、国民参政会议长，党、政权势均在蒋介石之下。12月潜逃越南，发表"艳电"，公开投降日本。

1939年5月，汪精卫等赴日，与日本当权者直接进行卖国交易。回国后于8月在上海秘密召开伪国民

053

全民皆兵 抗击日寇

——抗日战争的故事

汪伪特工总部原址——南京市极司非尔路76号(万航渡路435号)

汪伪政府外交部

20世纪40年代的南京街道

党第六次代表大会，宣布"反共睦邻"的基本政策。12月，与日本特务机关签订《日华新关系调整纲要》，以出卖国家的领土主权为代价，换取日本对其成立伪政权的支持。1940年3月，汪伪国民政府在南京正式成立，汪任"行政院长"兼"国府主席"。1944年11月，在日本名古屋病死。

拓展阅读
TUOZHAN YUEDU

狼牙山五壮士

"狼牙山五壮士"是指在抗日战争时期，在河北省易县狼牙山战斗中英勇抗击日伪军的八路军5位英雄，他们是马宝玉、葛振林、宋学义、胡德林、胡福才，他们用生命和鲜血谱写出一首气吞山河的壮丽诗篇。在战斗中他们临危不惧，英勇阻击，子弹打光后，用石块还击，面对步步逼近的敌人，他们宁死不屈，毁掉枪支，义无反顾地纵身跳下数十丈深的悬崖，马宝玉、胡德林、胡福才壮烈殉国，葛振林、宋学义被山腰树枝挂住，幸免于难。5位战士的壮举，表现了崇高的爱国主义、革命英雄主义精神和坚贞不屈的民族气节，被人民群众誉为"狼牙山五壮士"。

狼牙山五壮士雕塑

地雷战

地雷战是抗日战争时期中国山东民兵最重要的作战方法之一。地雷是当时最重要的作战武器，抗战时期，地雷大显神威，不仅在山东

海阳人民的革命斗争史上写下了光辉的一页，而且在胶东抗战史上涂上了浓重的一笔。

中国的抗日战争，是全民族的战争，不仅军队要参与，民兵也是全民族抗战中的一支重要力量。由于当时民兵武器装备极差，几乎没有什么像样的枪支，容易制造的地雷自然就成了民兵打击日军的主要武器。

自从开展地雷战以来，出来"扫荡"的敌人屡受挫折，不敢轻举妄动。整个盆子山区成了广大民兵开展麻雀战和地雷战的用武之地，敌人每次出动都以大批的伤亡而败退。

全民皆兵 抗击日寇
——抗日战争的故事

制造地雷

白洋淀雁翎队

白洋淀位于京、津、保（定）三角地带的南端，河北省中部。它是方圆几百平方公里的一片浅水湖泊，连接着大清河与海河，是保定与天津之间的一条重要水上通道。在抗日战争时期，白洋淀成为冀中平原抗日游击队的活动区域。

1938年，日本侵略军占领了白洋淀，在白洋淀周围到处修筑炮楼，设立据点，使白洋淀的广大人民群众处于水深火热之中。然而，白洋淀的广大人民群众在中国共产党的领导下，拿起大刀、长矛等土造原始武器，奋起抗击日本侵略者，组织成立了白洋淀水上游击队。因为游击队在胜利返航时，常把几十条小船排成一字或人字形，宛如大雁在高空飞行时的队形，所以被乡亲们亲切地称为雁翎队。他们利用白洋淀的河湖港湾、苇地荷塘，展开了神出鬼没的水上游击战。雁翎队在水上游击战中曾经创造了利用"大抬杆"枪击毁日军汽船的辉煌战例。

抗日战争艰苦时期

第二次长沙会战

　　1941年6月，苏德战争爆发，日本为与英美争霸远东和太平洋地区，急于从中国战场拔出腿来，打击国民党第九战区主力，遂发动第二次进攻长沙的战役。是年9月上旬，日军驻武汉的第十一军司令官阿南惟畿调集5个师团约12万兵力，陆、海、空军紧密配合，沿粤汉铁路大举南下，声称"农历八月十五(10月5日)打到长沙过中秋节"。适值洞庭湖秋水上涨，为敌舰艇在洞庭湖横冲直撞创造了条件。

　　第九战区司令薛岳在长沙及周围

第二次长沙会战中，中国军队攻打平江的战斗。

地区部署了40个师约30万人的兵力迎战，计划"诱之于汨罗江以南、捞刀河两岸反击而殊灭之"。9月17日晚，日军主力强渡新墙河，向湘北全线展开猛攻。由于对日军此次进攻的规模估计不足，选择决战地区不当，加之日军又破译我方几次重要的指挥电讯，因而在会战前期，我方处处被动，节节失利，日军一路挺进,于27日晚攻入长沙城。

但在日军占领长沙后，敌我双方形势也迅速发生了变化。日军长途奔进，后方交通被我方守军切断，补给困难；我军各部重整旗鼓后从四面八方向长沙外围汇集，攻入长沙仅3日的日军被迫北撤。我方乘势围攻追击，在浏阳河、汨罗江予敌以重创。10月8日，我方收复新墙河阵地，第二次长沙会战结束。

第二次长沙会战由于第九战区指导的失误，致使日军一度攻占长沙，并追击到株洲。国民党军队在此次会战中伤亡及失踪近7万人，日军伤亡2万余人。

日伪的治安强化运动

治安强化运动抗日战争期间日本侵略者为巩固和加强在华北的统治，强迫推行的一种屠杀与怀柔（奴化）相结合的政策和措施。1938年7月，日军华北方面军根据日本大本营关于确保华北占领地区安定的命令，制定了《军占据地区治安肃正纲要》。接着于1939年1月至1940年3月，进行了三期肃正作战。1941年，华北方面军又把治安肃正扩大为治安强化运动，并于2月制定了《治安强化运动实施计划》。3月30日，在日军操纵下，伪华北政务委员会开始推行第一次治安强化运动。到1942年底共进行了5次治安强化运动。

日军把华北划分为"治安区"（即敌占区）、"准治安区"（即敌我争夺的游击区）、"非治安区"（即解放区），分别采取不同的政策和措施。对"治安区"以"清乡"为主，加强保甲制度，严密施行身份证办法和户口调查，实行连坐法，扩大自卫团、警备队，加强特务活动，以禁绝抗日活动。同时，进行各种欺骗宣传，宣扬"王道乐土"，以强化奴化统治。对"准治安

日军修建的炮楼

华北民兵攻克曲阳县下河镇日军修筑的炮楼

区"以"蚕食"为主,恐怖政策与怀柔政策兼施,制造无人区,广修封锁沟、封锁墙和碉堡,以推广其占领面,封锁抗日根据地。对"非治安区"则以"扫荡"为主,实行杀光、烧光、抢光的"三光政策"。日军所到之处,人、畜、财、物、田产一扫而光,无一幸免,致使许多村镇成为废墟。日军以极其残酷的破坏行为,企图动摇中国军民的抗战意志。但在八路军和华北人民顽强斗争下,治安强化运动最后以失败告终。

日伪的清乡运动

　　"清乡"运动是抗日战争时期日本侵略者在华中占领区实行的一种残酷的"清剿"办法。1941年7月1日，汪伪政府清乡委员会开始推行"清乡"运动。日本侵略军为了巩固其在华中地区的统治，授意汪伪政权于5月成立清乡委员会，由汪精卫任委员长，陈公博、周佛侮任副委员长，李士群任秘书长，负责指导

云南德宏南洋华侨机工回国抗日纪念碑

抗战水上游击队

"清乡"运动。该运动在军事方面由日军负责,伪军配合,在政治方面则均由汪氏政权负责。"清乡"运动以"军政并进,剿抚兼施""三分军事,七分政治"为方针,自是日开展。首先从苏南地区开始,其次在太湖东南、上海郊区及苏淮特别区进行,接下来又在镇江、苏北及浙江部分地区展开,最后在安徽、广东、湖北部分地区推行。

"清乡"运动的第一步是"军事清乡":日伪军在清乡地区修筑碉堡炮楼、封锁沟、封锁墙、竹木篱笆,拉设铁丝网、电网,分割和封锁抗日根据地,然后对抗日根据地实施"扫荡";第二步是"政治清乡":汪伪政权在清乡地区广泛宣传"中日亲善""和平建国",

大刀向鬼子们的头上砍去

在对群众进行宣传的同时，实行编组保甲、连坐联保，组建警察保安武装，推行自首和策动告密的方法，以强化法西斯统治；第三步是"经济清乡"：汪伪政权在清乡地区实施严格的物资统制政策和物资封锁禁运政策，对抗日根据地实行经济封锁；第四步是"思想清乡"：汪氏政权在清乡地区建立机构控制学校，出版报刊，组织"青少年团"，开展反共教育。

重庆大轰炸

重庆大轰炸指中国抗日战争期间，由1938年2月18日起至1943年8月23日，日本对战时中国陪都重庆进行的长达5年半的战略轰炸。据不完全统计，在5年间日本对重庆进行轰炸218次，出动9 000多架次的飞机，投弹11 500枚以上。重庆死于轰炸者达10 000以上，超过17 600幢房屋被毁，市区大部分繁华地区被破坏。日本对重庆实施的空袭，是继德国在1937年4月西班牙内战中对格尔尼卡（Guernica）平民实施轰炸之后，历史上最先实行的战略轰炸，其目的是通过杀害大量平民，以瓦解对方抵抗的士气。

1941年6月5日，日军再次轰炸重庆，数万民众躲进校场口大隧道，因窒息及践踏而死者数以千计，造成震惊中外的"校场口大隧道惨案"。1941年6月5日傍晚，日机20多架，分为3批突然飞渝进行夜袭，很多傍晚进城的人和不属于该洞躲避的人，在发布紧急警报后急不暇择，于是就进洞口躲避，致使四通八达的校场口一带大隧道人数大大超过规定数量。这时该段大隧道的通风和发电设备虽已装配完工，但因防空司令部尚未办理验收手续，故发电机和通风机皆未开动。半小时后，洞内人呼吸困难，发生骚乱。油灯先后熄灭，人声呼叫，妇孺号哭。这时，日机一批、二批、三批先后临空，防护团奉命不准人民在紧急警报时出洞。洞内的人想出外换气，拼命往外挤，洞口的人又往内挤，军警吹口哨、奏号也不能制止。人们在拥挤中纷纷跌倒，相互践踏，加之缺乏空气呼吸困难而窒息，造成大量死伤，尤以十八梯洞口最为严重。磁器街、石灰市因闻十八梯方面发生危险，群众也争相外奔，致洞口也有被践踏死伤的，但为数极少。大部分群众由石灰市、两路口走出。这次大隧道惨案，共计死亡992人，重伤送医院者151人。"六·五"大隧道惨案，是抗日战争时期重庆发生的重大事件，是日本法西斯侵略者对中国人民犯下的滔天罪行。

太平洋战争与世界反法西斯同盟的建立

太平洋战争是日本法西斯发动的侵略战争，是第二次世界大战主战场之一，是民主力量与法西斯势力在全球最广阔海域的大冲撞。太平洋战争以日本偷袭珍珠港为先导，以日本投降为结束，参战国家多达37个，涉及人口超过15亿，交战双方动员兵力在6 000万以上，历时3年多，伤亡和损失难以统计。

1941年12月珍珠港被轰炸。珍珠港地处瓦胡岛南岸的科劳山脉和怀阿奈山脉之间平原的最低处，与唯一的深水港火奴鲁鲁港相邻，是美国海军基地和造船基地，也是北太平洋岛屿中最大最好的安全停泊港口之一，一般的民用船舶及外国舰船无美国海军部特殊许可是不得进入的。20世纪30年代后，随着美日矛盾加深，珍珠港被美国视为太平洋的前沿基地，得到重视和建设。建成后的珍珠港是美国在太平洋最重要的海空军基地之一，水域面积32平方千米，平均水深约14米，最多可以停泊500艘舰船，还可以为航空母舰、核潜艇、巡洋舰等大型海军舰只提供维修、保养等服务。珍珠港中有一个岛屿，上面设有福特岛海军航空站。

太平洋战争爆发后，中国国民政府发布对日宣战文告，中共中央也发表了《为太平洋战争的宣言》和《关于太平洋反日统一战线的指示》。1942年1月1日，26个国家在华盛顿签署了《联合国家宣言》，强调战胜共同敌人的重要性；签字国保证用自己的全部军事和经济资源与德意日法西斯国家作战，与盟国合作，不单独同敌人缔结停战协定或和约；现在或可能将在战胜法西斯主义的斗争中给予物质上援助和贡献的其他国家可加入本宣言。宣言的签署和发表，标志着国际反法西斯同盟正式建立。到第二次世界大战结束时，加入同盟的共达52个国家。

中国远征军赴缅作战

1941年12月，日本偷袭珍珠港，太平洋战争爆发。此后，日军分兵出击东南亚各地，连接中国和外部世界的两大运输线——滇越铁路和香港通道相继被切断，西方援华物资只能先运抵缅甸仰光，然后经过滇缅公路辗转运抵昆明。"倘若日寇进犯缅甸，我后方军民则无异困守孤城，坐以待毙。"

十万大军挥师南征。1941年1月2日，蒋介石就任盟国中国战区（包括中国、越南、泰国）最高统帅，3月8日史迪威被任命为战区参谋长。1941年12月23

　　史迪威，1883年3月19日生于美国佛罗里达州的帕拉特卡。第二次世界大战时期的美国陆军将领，曾在远东大陆统率美军与中国国民党军队共同抵抗日本的进攻。

　　1904年在纽约州西点军校毕业，1944年晋级陆军上将。先在菲律宾服役，第一次世界大战期间参加美国赴欧洲远征军，后任西点军校教官。第二次世界大战爆发时，蒋介石聘他为中国军队的参谋长，命其指挥在缅甸的中国第五军和第六军。1942年为日军所败，率残部退至印度。后被任命为太平洋战场美国第十军司令，于1945年8月在琉球群岛接受10多万日军的投降。1946年3月后，在旧金山任第六军司令，直至去世。

日，日军拉开了全面侵缅的序幕，次年1月英国守军土崩瓦解，3月8日仰光陷落。然而，日本人没有想到，此时中国远征军第五、六、六十六军的10万大军正在向缅甸开进。中国国民政府拿出全部15个机械化师中的9个赴缅作战。

1942年3月，戴安澜率领第二〇〇师千里跃进，抵达缅甸南部重镇同古。30日晚，第二〇〇师在新二十二师掩护下，杀出一条血路成功突围。最终，同古大战以中国军队主动撤退宣告结束。1942年4月，中国远征军摆开阵势，在缅甸中部平满纳地区与日军主力决战，并消灭日寇一个联队，这是中国远征军入缅后的第一场胜仗，狠狠打击了日寇的嚣张气焰。

中国远征军在缅甸的热带雨林中

中国远征军在渡河

　　协作不力千里溃败。由于西路英军的溃逃和东路中国远征军的失利,平满纳会战计划化为泡影。而且,英国人再次抛弃了他的中国盟友,中国远征军被迫将曼德勒会战计划改为"纵深防御",御敌于国门之外,将防卫重点放在腊戍。1942年4月28日,腊戍失守。此时中国远征军被三面包围,留给他们的出路只有撤退。一周后,密支那被攻占,中国远征军回国的最后一条通道被掐断了。

戴安澜将军

1942 年 5 月 10 日，远征军指挥官杜聿明，率部队一头扎进野人山，远征军主力遁入野人山后，担任后卫的第二〇〇师被敌人分割开来。师长戴安澜临危不惧，果断指挥部队突围，激战中他不幸身负重伤，于 1942 年 5 月 26 日壮烈殉国，年仅 38 岁。中国远征军其他北撤部队同样在野人山中付出了惨重的代价。变化莫测的气候、毒蛇猛兽和瘟疫与饥肠辘辘的队伍如影随形，这片黑色的丛林吞噬了数万远征军官兵。根据战后盟军公布的数字，中国远征军首次入缅兵员为 10 万人，伤亡总数达 61 000 余人，其中有近 5 万人是在撤退途中死亡或者失踪的。

远征军缅北滇西作战

1942 年 5 月 2 日，史迪威在给美国总部的一份急电中，首次提到在印度建立基地训练中国军队和反攻缅甸的计划。1943年，为提高部队战斗力，中国的昆明、大理和印度的蓝姆伽等地分别设立了干部训练团和训练学校，对官兵进行兵器、射击、战术等训练，并配备盟军提供的新式装备。

1943年10月20日，在中国远征军曾经的伤心地——野人山，孙立人率领的新三十八师对素有"丛林作战之王"之称的日军第十八师团发起攻击。上午11时，新三十八师搜索连在行进途中与日军的一个大队遭遇，双方几乎同时向对方开火。战斗一打响，手持"三八大盖"的日本人便被密集的子弹打得血肉横飞。接下来中国远征军连克欣贝延、达邦加、孟拱、密支那等战略要

在印度蓝姆伽接受训练的中国驻印军

中国远征军在接受美式装备训练

中国远征军攻克腾冲后，集结整补

1944年11月，攻克龙陵，中美两国军队会师

地。"孙立人"这个名字更是让日寇闻风丧胆。

　　1944年5月中旬，中国远征军另一支部队近20万人也渡过怒江向日军据点发起雷霆般的攻势。战斗非常惨烈。在远征军反攻滇西缅北的过程中，中国远征军连克数城、毙敌数万，取得了滇西缅北反攻作战的胜利。

正面战场继续作战

第三次长沙会战

　　1941年12月下旬至1942年1月中旬的第三次长沙

第三次长沙会战中，中国军队的机枪阵地

第三次长沙会战中，中国军队缴获的战利品

会战，是太平洋战争爆发以后，盟军方面获得的第一个胜利。就中国战场而言，此战是以武汉会战结束为标志的战略相持阶段中，至1945年5月国民党军队方面获得的最大战役级别的胜利。

1941年12月24日，日军渡过新墙河，向我第九战区各部发动大规模进攻。第三次长沙会战开始。在第九战区司令长官薛岳将军指挥下，按战前确定的"诱敌深入"的作战方针，在进行象征性的抵抗后，就转而后撤，等待侧击合围的机会。日本第三与第六师团在12月31日攻到了长沙市区，中日两军在市区爆发激烈的巷战，这时中国军队在岳麓山的重炮起到了决定性的打击力量。进入长沙的日军遭到非常猛烈炮火的

1942年1月，盟军将领视察第三次长沙会战战场

压制，日军在长沙陷在巷战与肉搏战之中，由于所携带的补给并不充足，攻势一度陷入缠斗的阶段。

1942年1月4日，已经进入对日军包围位置的我军各部队，对日军发动了全线的反击。屯兵长沙坚城之下的日十一军既无法攻下长沙，腹背又同时受到中国军队的打击，一时之间阵势大乱。于是日军一面撤退，一面被打，跌跌撞撞地到处找渡河口，却到处遭到中国军队的攻击，从汨水到新墙河，只有短短的80千米，败退的日军在遭到中国军队一波又一波的攻势下，全靠着日本空军不断的紧急支援，足足走了8天才得脱困，这是日军在中国战场上遭到的比在台儿庄还要凄惨的败仗。此役，我军以28 116人伤亡的代价，取

得毙伤日军 56 994 人的辉煌战果！而薛岳将军更是因此得到日军的"长沙之虎"的封号，日本的十一军在几年之内都不敢再对长沙进行任何重大的攻击。

常 德 会 战

常德会战，又叫常德保卫战，是 1943 年中国国民党军队在常德与日军进行的一次大会战。是 1943 年 11 月初，日军的大本营和派遣军总司令部为了挽救其必然失败的命运，悍然把矛头指向湘西北常德这一军事要地，出动了第十一军 5 个师团和 4 个伪军师在内的 16 万多兵力，与国民党第六、第九战区的 16 个军 42 个师约 21 万人，在以常德为核心的十几个县市进行了一场

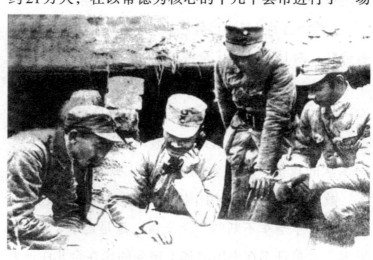

国民党将领在常德前线指挥作战

殊死的血战。

　　负责保卫常德城的国民党陆军第七十四军五十七师，在易攻难守、无险可凭的情况下，以8000之师，对付装备精良的4万之寇，孤军奋战16个昼夜，最后仅有80余人幸存，给日军造成了重大伤亡，在常德城郊丢下了上千具尸体，其战斗力大伤元气。师长余程万率部死守常德的战斗业绩，在我国抗日民族英雄的战斗史上写下了光辉的一页，并又一次证明了中国军队的作战实力！

　　至12月9日，第九战区欧震兵团由常德东西两面击破日军，攻入城内。日军开始退却，守军转入追击作战。第十集团军第六十六军自20日至25日，先后光

中国军队在常德会战中冲锋

全民皆兵 抗击日寇

复仁和坪、百里洲、米积台；江防第十八军于20日在卸甲坪伏击由仁和坪附近东退的日军，到25日先后收复暖水街、王家场、西斋、公安等地，并以一部尾追日军。第二十九集团军在澧水以南地区遭遇日军顽强抵抗，激战至20日，日军向藕池方向撤退。到25日，先后收复澧县、津市，并于26日恢复虎渡东、西两河中间地区的原阵地。27日，第十、第二十九集团军奉命乘胜收复长江右岸、慌市、藕池口等要点，于30日开始攻击当面的日军。到1944年1月5日，中国军队奉命停止攻击，战役乃告结束。此次会战，日军死伤25 718人，毙伤和缴获战马共1 384匹，击落敌机45架，击毁敌汽车75辆，击沉、击伤敌舟艇122艘。

豫湘桂战役

　　豫湘桂战役。1944年4月17日至12月10日，在抗日战争中，中国军队在河南、湖南、广西等地抗击日军进攻的作战。1943年，为摧毁美国在中国的空军基地，阻止美军对日本本土的轰炸，日本决定发动豫湘桂战役，企图打通平汉、粤汉、湘桂铁路，掌握一条陆上交通线。日军从本土及中国东北调集了各兵种部队总计约51万，是中日战争以来规模最大的一次进攻战。

　　战役的第一阶段是河南会战，日军出动了约15万

1944年8月，衡阳会战中中国军队向雨母山进发

衡阳会战是抗日战争中作战时间最长、双方伤亡士兵最多、程度最为惨烈的城市争夺战之一。最终中国守军死伤1.6万人，日军则付出了三倍的代价，死伤4.8万余人。

兵力，国民党军集中了35～40万兵力。日军在四五月间先后攻陷郑州、洛阳等地。日军攻占洛阳的同一天，日本派遣军总司令官畑俊六将设在南京的前进指挥所推进到汉口，开始了战役主要阶段的湘桂作战。日军以13个师团为基干，总共投入36万余兵力；中国方面投入30多万兵力。日军6月攻陷长沙。6月26日，日军占领衡阳机场，包围衡阳。中国政府调集各路援军增援，但未能突入包围圈。4万守军在孤立无援的情况下，反复同日军展开了激烈的争夺战，使日军受到重

数以万计的难民逃难

大伤亡，终因敌我力量悬殊和守军兵疲粮缺，阵地被日军突破，8月8日放弃衡阳。

随后，日军从湖南、广东及越南三个方面向广西进攻，开始了桂柳作战。11月，日军攻陷桂林、柳州；12月2日，占领独山。国民政府因之震动，被迫集中一切可用之兵力投入贵州作战，8日收复独山，迫使日军后退到河池。12月，日军打通了从华北到华南以至印支的通道。在短短的8个月中，国民党军在豫湘桂战场上损兵六七十万人，丧失国土20余万平方千米，丢掉城市146座，失去空军基地7个、飞机36架。日军在付出重大代价之后，虽然打通了大陆交通线，但始终也没能全线通车。

抗日战争的伟大胜利

废除不平等条约

　　通过伟大的抗日战争，中国人民取得了废除自1840年鸦片战争以来种种不平等条约的伟大历史成就。不平等条约是近代以来帝国主义列强各国套在中国人

有志青年参加"从军报国"运动

民身上的沉重枷锁，废除不平等条约、争取民族独立解放一直是中国人民长期以来坚持不懈的奋斗目标。

通过与美英谈判废除不平等条约，带动废除全部不平等条约。美英政府出于中国在抗击日本法西斯战争中的重要作用，从实际行动上表示盟国之间平等的关系，同时也是吸取日本法西斯和德意法西斯的侵略扩张给世界和平带来的巨大灾难的教训，因此也赞同中国政府提出的废除不平等条约，缔结友好平等新约、缔造新型国家关系的要求。

从1941年开始，中国政府即与美英政府交涉缔结

中国抗日战争胜利50周年纪念币

全民皆兵 抗击日寇

——抗日战争的故事

中国人民抗日战争纪念雕塑

平等新约，5月下旬，中美以换文形式达成协议，美方承诺通过谈判"迅速地做到取消一切有特殊性质的权利"。10月下旬，中国政府接到美英两国的新约草案后，即开始与两国的谈判。中美两国的谈判比较顺利，12月18日，美国政府向中国提交照会，认为谈判已经取得一致认识，建议于1943年元旦在华盛顿正式签署条约和换文，中国立即表示赞同。

由于英国仍然坚持保留部分殖民利益，坚决拒绝讨论归还香港和九龙租借地等问题，使谈判出现曲折。中方一再交涉无果，为了维护盟国的团结，速定新约，在保留意见的基础上作出让步。1943年1月11日，中

1943年1月11日，中英两国在重庆签订平等新约

1943年1月11日，中美在华盛顿签订平等新约

美中英新约终于分别在华盛顿和重庆签字，5月20日，换文批准，条约正式生效。继之，其他一些享有在华特权的国家，也相继与中国签订了平等新约。

根据地的恢复、发展和局部反攻

1943年后，世界反法西斯战争取得一系列重大胜利，党领导的人民抗日力量也渡过严重困难，进入再发展时期，华北抗日军民开始对敌军发起攻势作战。进入1944年，各根据地军民普遍对日、伪军展开局部反攻，恢复和扩大原有根据地，并向敌后进军，开辟新的抗日根据地。一年中，共作战约2万次，歼灭敌军近20万人，攻克县城20多座，解放人口1700多万。

在德国法西斯面临彻底覆灭和中国抗战接近胜利的前夜，1945年4月23日至6月11日，中国共产党第

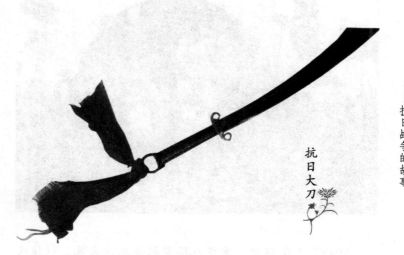

抗日大刀

全民皆兵 抗击日寇

——抗日战争的故事

    1945 年 5 月 24 日，冀中八路军配合地方武装，以强攻
方式解放安平城。

缸满院净，军民鱼水情

七次全国代表大会在延安隆重召开。出席大会的正式代表544人，候补代表208人，代表全国121万党员。毛泽东在会上作《论联合政府》的政治报告，刘少奇作《关于修改党章的报告》，朱德作《论解放区战场》的军事报告，周恩来作《论统一战线》的讲话，任弼时、陈云等在会上发了言。

1945年世界反法西斯战争进入最后胜利阶段。5月2日，苏联红军攻克柏林；8日，德国法西斯战败投降。在中国战场，共产党领导人民军队发动夏季攻势作战，对日军占领的点线包围得越来越紧，打通了许

多解放区之间的联系，在行动上取得主动地位，逐步实现由游击战向运动战的转变，为转入全面反攻创造了重要条件。沦陷区城市党组织积极开展瓦解日、伪军工作，组织地下军，准备发动武装起义，里应外合，配合反攻。

日 本 投 降

　　1945年8月15日中午，日本天皇向全国广播了接受波茨坦公告、实行无条件投降的诏书。9月2日上午9时，在停泊于东京湾的美国战列舰"密苏里"号上举

1945年8月15日，延安一片欢腾，召开庆祝大会

行向同盟国投降的签降仪式。日本新任外相重光葵代表日本天皇和政府、陆军参谋长梅津美治郎代表帝国大本营在投降书上签字。

1945年2月以后，虽然日军在豫湘桂会战后已基本上打通了大陆交通线，但是由于经常受到来自内地的美国空军的攻击，再加上太平洋战场已日益吃紧，盟军正逐步逼近日本本土，于是，为了消灭美军在中国的飞机场以维持大陆交通线的通畅并早日结束中日

　　1945年9月2日，在东京湾美国军舰"密苏里"号上，举行日本签降仪式。

1945年9月9日，日军投降仪式在南京陆军总部大礼堂举行，中方代表坐在右桌后方，日方代表坐在左桌后方，正面长桌后为盟军代表。

战争以集中全力于本土防卫，从1945年3月起日军先后发动豫西鄂北会战和湘西会战。

在河南，日军于3月下旬从豫中会战之后的防线以东向西发动攻击，其前锋一直冲到西峡口。在湖北，日军向西北部发动攻击，于4月8日攻陷老河口；不过

之后国民革命军随即发动反攻，收复了除老河口之外所有被日军占领的地区。在湖南，日军以空军基地芷江为目标，于4月向湖南西部发动攻击，但是在国民革命军抵抗之下，日军遭受大挫败而退回原阵地。之后国民革命军乘胜追击，向广西地区发动反攻，于5月27日收复南宁，6月29日收复柳州，7月27日收复桂林，8月收复广西全境。

至此，中国抗日战争胜利结束，世界反法西斯战争也胜利结束。中华民族为赢得抗日战争的胜利作出了巨大的牺牲。中国军民伤亡3 500万，直接经济损失1 000亿美元，间接经济损失5 000亿美元。

淮北抗日阵亡将士纪念馆

抗日阵亡将士纪念塔

　　中国抗日战争是反侵略的正义战争，得到了世界各国人民的支援，也得到了世界反法西斯战争中各同盟国家的支援，这些支援对中国能够坚持抗战并取得胜利是一个重要条件。

中华魂·百部爱国故事丛书

提　要

《誓与禁烟相始终——民族英雄林则徐》

　　林则徐严禁鸦片，坚决抵抗西方列强的侵略，坚持维护国家主权和民族利益。他是中国近代历史上第一位睁眼看世界的人，是抗击帝国主义殖民侵略的第一人，是中华民族抵御外侮过程中伟大的民族英雄。

《血洒虎门御敌寇——抗英将军关天培》

　　民族英雄关天培，在第一次鸦片战争中为了抗击英国侵略者的入侵而血洒虎门，为国捐躯，谱写了一曲可歌可泣的英雄赞歌。关天培用他的生命，书写了中国人民反抗外侮的历史。

《威震镇海靖节魂——抗敌英雄裕谦》

　　在第一次鸦片战争期间的众多牺牲者中，有一位官阶最高，他就是两江总督裕谦。裕谦与外国侵略者斗争立场坚定，与国内妥协派、投降派斗争态度坚决。裕谦督战镇海，与英国侵略军浴血奋战，临危不惧，以身报国，浩气长存。

《斩邪留正解民悬——太平天国领袖洪秀全》

　　农民出身的洪秀全，从失意文人到起义领袖，经历了长期的思想演变过程，在外敌入侵、清朝政府腐朽的历史环境之下，顺应时代的潮流，成长为一位非凡的历史英雄人物，建立了与清朝政府相抗衡的农民政权——太平天国。

《仰承汉唐　荟萃中外——近代数学家李善兰》

李善兰是我国19世纪重要的科学家之一，在数学、天文学、力学等方面都有重大建树。他继承了我国古代数学的成就，又以极大的热情传播西方科学文化，"仰承汉唐，荟萃中外"，把自己的一生献给了科学事业。

《严谨治学　勇于探索——近代著名数学家华蘅芳》

华蘅芳，中国近代数学家之一。其精通中国古算学，并熟练掌握西方近代数学，是中国验证抛物线并著书立说的参与者。为了证明"外国有的，中国也能造"而鞠躬尽瘁，在引进西方科学技术、传播科学知识上贡献卓著。

《折冲樽俎护山河——近代著名外交家曾纪泽》

曾纪泽是中国近代史上著名的爱国外交家，在中俄伊犁交涉事件中，他秉承抵抗列强、保卫国家的坚定意志，利用外交手段全力同沙俄抗争，捍卫了国家主权、民族尊严，收回了祖国的领土，在近代中国外交史上留下了光辉的一页。

《甲午海战留英名——民族英雄邓世昌》

邓世昌，北洋水师名将。本书以邓世昌的成长过程为线索，以代表性的历史故事为主要内容，还原真实的历史事件，突出鲜明的人物性格。邓世昌因在中日甲午海战中突出的英雄气概而名垂史册，书写了伟大的爱国主义篇章。

《誓与舰队共存亡——北洋水师提督丁汝昌》

丁汝昌处在清朝政府的腐朽和李鸿章的专断下，难以施展爱国的抱负，壮志未酬，愤恨而终。但丁汝昌为建立近代海军作出的巨大贡献，带领北洋舰队爱国官兵勇抗强敌的英雄事迹，将永远为后代所传颂。

《镇南关上凯歌扬——抗法老英雄冯子材》

1885年中法战争中，年逾古稀的冯子材为抵御外国侵略，勇赴国

全民皆兵　抗击日寇

难，大败法军于镇南关，并乘胜追击，接连收复文渊、谅山等地，从根本上扭转了中法战争的局面，成为近代民族英雄的杰出代表。

《屡败法军逞英豪——黑旗军将领刘永福》

刘永福是黑旗军的创建者，是农民出身的杰出军事家、政治活动家。在19世纪发生的援越抗法、中法战争中，他率部与帝国主义侵略者进行了殊死的战斗，建立了卓越的功勋，成为我国近代史上著名的民族英雄，为后世所景仰。

《矢志变法强国家——戊戌变法领袖康有为》

康有为是清末民初最有影响力的思想家之一。他领导了中国知识界的启蒙运动，掀起了一场自上而下的政体改革。他最早在中国提出了立宪政体和具体的宪政方案，主张在坚持儒家传统和帝制的前提下，学习西方经验，他的进步思想对近代中国具有深远的影响。

《开民智以报国　普新知而图强——戊戌变法思想家梁启超》

梁启超，中国近代史上著名的政治活动家、启蒙思想家、史学家、文学家，戊戌变法领袖之一。本书以百日维新思想家梁启超的成长过程为线索，以代表性的历史故事为主要内容，还原真实的历史事件，突出鲜明的人物性格。

《我自横刀向天笑——维新志士谭嗣同》

谭嗣同在民族危机的严重时刻，投身改革救中国的洪流。为了带给祖国一个光明的未来，紧要关头，他挺身而出，用自己的鲜血激励后人，把宝贵的生命献给了变法事业。

《睡乡敢遣警世钟——用生命警策国人的陈天华》

陈天华是民主革命的活动家和宣传家。他写的《猛回头》《警世钟》等书，起到了革命启蒙的重大作用。为了激发留日学生的爱国情怀，他不惜投海自杀，演出了近代史上感人至深的一幕，给后人留下了难忘的印象。

《革命军中马前卒——民主斗士邹容》

革命乃"至尊极高，独一无二，伟大绝伦之一目的"；它是"天演之公例，世界之公理，顺乎天而应乎人"的伟大行动。因此，必须"仗义群兴革命军"。他激情高呼："革命独立万岁！中华共和国万岁！"这就是《革命军》的作者，中国近代著名资产阶级革命宣传家邹容。

《休言女子非英物——鉴湖女侠秋瑾》

为民族解放和妇女解放而英勇斗争的秋瑾，冲破封建礼教的思想牢笼，打碎封建精神枷锁，崇仰真理，追求光明，主张共和，坚持男女平等，最终献出了自己年轻的生命。

《血溅校场　杀身成仁——民主斗士徐锡麟》

本书讲述了反清志士徐锡麟弃文从武、投身反清革命事业，最终被清政府杀害的故事。出于对国家的热爱，徐锡麟献出自己的生命，他的事迹将永远激励后人深切缅怀这位民主革命的先驱。

《生可死耳　我志长存——献身民主的禹之谟》

禹之谟，民主革命党人，同盟会会员，近代资产阶级革命家、实业家。1886年，20岁的禹之谟"提三尺剑，挟一卷书"游历四方，研究西方社会政治学说，忧国忧民之心日趋强烈。戊戌变法失败，他丢掉改良幻想，倡革命救亡之说，走上民主革命道路。

《物竞天择　适者生存——资产阶级启蒙思想家严复》

严复是中国近代著名的启蒙思想家、翻译家和教育家。他长期从事教育和翻译事业，为近代中国人才培养和思想启蒙做出了重要贡献，同时他也为中国的翻译事业和中西思想文化交流做出了重要贡献。

《辛亥革命急先锋——资产阶级革命家黄兴》

黄兴，清末民初资产阶级革命家，中华民国开国元勋。黄兴在武昌首义及辛亥革命时期的爱国表现，与孙中山闻名于当时，常被时人以"孙黄"并称。本书以资产阶级革命活动实干家黄兴的成长过程为线索，歌颂了先辈伟大的爱国主义精神。

《矢志革命　百折不回——近代民主革命家廖仲恺》

廖仲恺追随孙中山踏上了创立民国与捍卫共和制的旧民主主义革命

之路；在新民主主义革命时期，他为建立、巩固首次国共合作和实施三大政策，英勇奋斗，为国殉职，洒尽了一腔热血。

《将军拔剑南天起——护国英雄蔡锷》

蔡锷是中国近代史上的杰出军事家、爱国者。他的一生短暂而伟大。辛亥革命爆发，他毅然投身于革命洪流之中，领导云南重九起义，对武昌起义积极响应。袁世凯窃国复辟、恢复帝制的阴谋暴露出来以后，他又毅然举起了武装讨袁的旗帜。

《反帝反封建运动——五四青年的爱国故事》

五四运动是一次伟大的反帝反封建的爱国运动；是一个伟大的历史转折点；是中国人民的斗争从挫折走向胜利的一个关节点，它为中国的前进开辟了一条全新的道路，拉开了中国新民主主义革命的序幕。

《思想自由 兼容并包——著名教育家蔡元培》

蔡元培是中国近现代著名的民主革命家和教育家，一生经历风雨，却始终信守爱国和民主的政治理念，致力于废除封建主义的教育制度，奠定了我国新式教育制度的基础，为我国教育、文化、科学事业的发展做出了富有开创性的贡献。

《为国家争光 为民族争气——中国铁路之父詹天佑》

詹天佑是我国最早的杰出铁道工程师，因主持建造京张铁路而闻名中外，被誉为"中国铁路之父"。他为祖国的铁路事业贡献了毕生的精力。本书向读者展示了詹天佑热爱祖国、科技兴国的辉煌人生。

《实业救国 衣被天下——轻工之父张謇》

张謇是爱国实业家、教育家。他年轻时中过状元。过了40岁，开始投身工商实业活动中，他的名言是"富民强国之本在于工"。在南通，创办大生丝厂、银行等各种实业。并将创办实业的大部分所得投入教育。他的观点是，教育和实业一样，也是"富强之大本"。

《心向革命 追求光明——平民将军冯玉祥》

冯玉祥将军"是一位从旧军人转变而成的坚定的民主主义战士"。

抗日战争期间，他辗转各地，用实际行动积极抗战。日本战败投降后，他为了断绝美国的援蒋内战，又在美国四处演说，揭露蒋介石统治之黑暗，痛斥美国阴谋分裂中国的不良行为。

《刑场上的婚礼——革命烈士周文雍　陈铁军》

周文雍是广州起义的主要领导人之一。陈铁军出身于华侨商人家庭，却毅然投身革命洪流。1928年1月，两人接受派遣，回到广州假扮夫妻从事革命斗争，却不幸被捕。临刑前，两位烈士将敌人的枪声当作自己婚礼的礼炮，用生命和爱情谱写出一曲千古绝唱。

《星星之火　可以燎原——井冈山斗争的故事》

1927—1929年，毛泽东、朱德等老一辈革命家，在井冈山创建了农村革命根据地，进行了艰苦卓绝的斗争，建立了新型革命武装，点燃了工农武装革命之火，找到了农村包围城市最后夺取政权的中国革命的正确道路。

《新民学会的主要发起人——中国共产党早期革命家蔡和森》

蔡和森青年时期曾与毛泽东等人一起组织进步团体新民学会，参加五四运动，并在赴法国勤工俭学时研读大量马克思主义著作，回国后以满腔热忱投身革命事业，成为中国共产党早期重要的理论家和宣传家。

《威震黄浦江畔　高奏抗日壮歌——一·二八淞沪抗战》

面对日本侵略者的挑衅，十九路军在蒋光鼐、蔡廷锴的带领下，高举义旗，奋力一搏。一·二八淞沪抗战，是中国军人捍卫军人荣誉和祖国尊严所发出的吼声，谱写了一曲抗击日军侵略的英雄壮歌。

《将军恨不抗日死——慷慨就义的吉鸿昌》

在国难深重的20世纪30年代，吉鸿昌将军因拒绝执行国民党指示，坚决不打内战，被迫携眷出国"考察"。回国后，他加入中国共产党，组织了民众抗日同盟军，英勇打击日本侵略者，后于1934年11月被国民党反动派杀害。

《献身革命　甘于清贫——梅岭忠魂方志敏》

大革命失败后，方志敏凭着"两条半步枪"起家，身经百战，创建了赣东北革命根据地和红十军。本书真实记录了方志敏投身于革命、领导红军和敌人进行艰苦卓绝斗争的经历，歌颂了烈士贫贱不移、威武不屈、献身革命的高尚品质。

《奏响中华最强音——人民音乐家聂耳》

聂耳在他有限的生命中创作了数十首革命歌曲，在抗日救亡运动中，聂耳的这些歌曲产生了广泛深远的影响。他的音乐创作为中国无产阶级革命音乐的发展指明了方向，树立了榜样。

《横眉冷对千夫指——中国文化革命主将鲁迅》

鲁迅不但是伟大的文学家，而且是伟大的思想家和伟大的革命家。在那风雨如晦的黑暗年代里，他以笔为投枪，同一切帝国主义和反动派进行了顽强的战斗，为中国人民树立了一个不朽的丰碑。他是新文化战线上的一面光辉旗帜，是我们伟大民族的灵魂。

《铁流两万五千里——红军长征的故事》

红军长征是人类历史上的一次伟大的壮举。第五次反"围剿"失败后，中国工农红军的三大主力在极端艰难的条件下，突破国民党军队的围追堵截，进行了史无前例的战略大转移，总行程达两万五千里以上。途中发生了许多动人故事，至今令人难以忘怀。

《荣辱不移革命志——创建陕北红军的刘志丹》

刘志丹是杰出的无产阶级革命家、军事家，西北红军和西北革命根据地的主要创始人之一。他一生热爱人民，追求真理，英勇善战，百折不挠，艰苦奋斗，忠心赤胆，为创建红军和革命根据地、为中国人民的解放事业建立了不可磨灭的功勋。

《英名永存北平城——爱国将领佟麟阁　赵登禹》

1937年7月28日，日军向北平郊区发动进攻。第二十九军副军长佟麟阁奉命在南苑率部与日军苦战，腿部受伤，头部被敌机炸伤，壮烈殉国。第一三二师师长赵登禹指挥部队顽强抵抗日军,右臂中弹负伤,仍继续作战。后在转移途中遭日军截击而牺牲。

《八百壮士 四行仓库铸军魂——谢晋元和他的战友们》

八一三抗战,中国军人以血肉之躯揭开全面抗战的帷幕。这是一场血战,是中国军人不屈不挠的英雄诗篇,其中的八百壮士守四行,成为这首英雄颂歌中最动人、最凄美的音符。一曲四行保卫战,铸就了不屈的军魂。

《八女投江 气贯长虹——八位抗联女战士》

抗日战争时期,以冷云为首的东北抗日联军8名女战士,为捍卫民族尊严,面对凶残的日寇,镇定自若,宁死不屈,投江殉国,表现了中华民族同敌人血战到底的英雄气概。她们的光辉形象,激励着千千万万的后来人。

《艰苦抗战 威震敌胆——著名抗日英雄杨靖宇》

杨靖宇将军是我国著名的抗日民族英雄。曾先后担任磐石游击队政治委员、东北抗日联军第一军军长兼政委、抗日联军总司令等职。领导军民对日寇坚持了长达9个年头的艰苦卓绝的斗争,最终以身殉国。

《死也不当亡国奴——镜泊抗日英雄陈翰章》

陈翰章,从1932年8月投笔从戎,直到1940年12月8日为抗击日本侵略者,战死在镜泊湖畔。他在抗日疆场上奋战了九年,他那可歌可泣的英雄事迹将为人们永世传颂。

《名将殉国 气壮山河——抗日将军张自忠》

著名抗日将领、民族英雄张自忠,生于忧患的时代,抱有"宁为百夫长,胜作一书生"的志向,经历过失败与低谷,最终成就了慷慨人生。本书主要以人物活动为主,勾画出一个真正的"民族魂"鲜活的人生,会带给读者振奋的力量。

《宁死不辱战士名——狼牙山五壮士》

1941年日寇在河北易县"扫荡"。为掩护群众和主力部队撤退,五

位八路军战士毅然把敌人引上了狼牙山棋盘坨峰顶绝路。弹尽粮绝、无路可退，五位英雄纵身跳下了万丈悬崖，用生命和鲜血谱写出一曲惊天地泣鬼神的壮举。

《太行浩气传千古——抗日名将左权》

左权，中国工农红军和八路军高级指挥员，著名军事家。是八路军在抗日战场上牺牲的最高指挥员。名将阵亡，太行山为之垂首，全党为之悲痛。周恩来称他"足以为党之模范"，朱德赞誉他是"中国军事界不可多得的人才"。

《虎将兴关外　抗倭统雄师——抗联英雄赵尚志》

本书描写了久经考验的共产党员、东北抗联的创建者和主要领导人赵尚志，在艰苦卓绝的条件下，坚持抗战，威震敌胆，战功卓著，忍辱负重，忠贞不屈，为国捐躯的英雄故事，为青少年读者呈上一部爱国主义的佳作。

《黄埔之英　民族之雄——抗日名将戴安澜》

抗日名将戴安澜，先后参加保定、漕河、台儿庄、武汉、昆仑关等战役，作战英勇，屡建奇功；入缅作战，"扬威国外，藉伸正义"；守东瓜，复棠吉；殒身缅北，遗恨丛林，马革裹尸，成就了光辉的一生。

《爱国志士　民主先锋——新闻出版家邹韬奋》

本书讲述了邹韬奋献身新闻出版事业的奋斗历程，展现了一位新闻工作者坚定的革命信念和炽热的爱国主义精神，全心全意为人民服务、为读者服务的奉献精神，歌颂了他的高尚情操和优良品质。

《为抗战发出怒吼——人民音乐家冼星海》

人民音乐家冼星海，青年时期在巴黎求学，饱尝屈辱与磨难；学成后毅然回到多灾多难的祖国，用满腔热忱谱写激昂的音乐，鼓舞中华儿女的斗志；奔赴延安，谱写出不朽的名作《黄河大合唱》，发出中华民族抗日救亡的怒吼。

《全民皆兵　抗击日寇——抗日战争的故事》

中国人民进行的十四年抗战，是一百多年来中国人民反对外敌入侵第一次取得完全胜利的民族解放战争。这场战争是以国共两党合作为基础，有社会各界、各族人民、各民主党派、抗日团体、社会各阶层爱国人士和海外侨胞广泛参加的全民族抗战。

《捧着一颗心来　不带半根草去——人民教育家陶行知》

陶行知是我国现代教育史上伟大的人民教育家、教育思想家。他从青年起就立志献身教育事业，以"捧着一颗心来，不带半根草去"的赤子之心，为人民的教育事业鞠躬尽瘁。

《为民主与和平拍案而起——民主斗士闻一多》

闻一多早年与梁实秋等人发起成立清华文学社。赴美留学期间由对祖国的深深眷恋而创作著名的《七子之歌》。后在西南联大任教8年，积极投身于抗日运动和争取民主的斗争，发表了著名的《最后一次讲演》。

《铁窗难锁钢铁心——革命先烈王若飞》

王若飞是我党早期杰出的无产阶级革命家。在艰苦卓绝的斗争中，他出生入死，屡建奇功，以超人的睿智和胆略，在敌人的监狱中，同敌人展开了殊死的较量，为抗战的胜利和新中国的诞生做出了卓越的贡献。

《横扫千军　还我河山——抗联名将李兆麟》

李兆麟是东北抗日联军创建人之一，他率领抗日联军历尽千难万险与日本侵略者浴血奋战，在极其艰苦的条件下，保存了抗日联军的有生力量，为东北光复做出了重大贡献。

《锄头开出新天地——解放区大生产运动》

为了解决困难，渡过难关，党中央号召党政军民齐动手，开展大生产运动。中国共产党在其控制区域内发动的一场军队屯田和鼓励生产的群众运动，达到了自己动手丰衣足食，共度难关，既进行革命又进行生产自足的目的。

《生的伟大　死的光荣——女英雄刘胡兰》

刘胡兰，坚贞不屈的少年女英雄。生前对我国劳动人民的解放事业无限忠诚，在敌人威胁面前，大义凛然，毫无惧色，英勇牺牲，表现了共产党员的高贵品质。

《饿死不领美国救济粮——爱国知识分子的楷模朱自清》

朱自清作为爱国知识分子的典型，以锐利的笔锋直言痛斥反动政府的暴行，体现了他崇高的爱国情怀和不畏恶势力的精神品格。毛泽东曾给朱自清先生以高度评价："一身重病，宁可饿死，不领美国的'救济粮'"，"表现了我们民族的英雄气概"。

《为了新中国前进——舍身炸碉堡的董存瑞》

伟大的英雄，中国人民的儿子董存瑞，从儿童团长成长为一名光荣的解放军战士，在1948年解放隆化县城时，舍身炸碉堡，为新中国献出了自己年轻的生命。他的英雄形象永远留在人民心里。

《宁死不屈的共产党员——革命烈士江竹筠》

江竹筠，就是著名的江姐。1947年春，她负责《挺进报》工作，只几个月的时间，报纸就发行到1600多份，引起了敌人的极大恐慌。由于叛徒出卖，江姐不幸被捕，惨遭毒刑的残酷折磨，仍坚贞不屈。最后被特务秘密枪杀，年仅29岁。

110

《抗美援朝　保家卫国——志愿军的战斗故事》

抗美援朝战争是中国人民志愿军为援助朝鲜人民、保卫祖国安全，与美国为首的"联合国军"发生的战争。在朝鲜牺牲的志愿军烈士们，他们英勇的战斗事迹、保家卫国的精神值得我们发扬光大。

《上甘岭上壮烈歌——黄继光和他的战友们》

在1952年10月的上甘岭战役中，黄继光和他的战友们在零号阵地半山腰被敌机枪火力点压制，此时，黄继光身上已经多处负伤，手雷也已全部用光。为了完成任务，减少战友的伤亡，他用自己的胸膛堵住正在扫射的敌机枪射孔，为反击部队扫清了前进的道路。

《诗书印画　全入神品——国画大师齐白石》

齐白石出身贫寒，做过农活，当过木匠，后改学雕花木工，从民间画工入手，摹古人真迹，学诗文书法，融汇古今，而诗、书、印、画俱佳；他将中国画的精神与时代的精神统一得完美无瑕，使中国画得到国际的重视，无愧于"国画大师"的称号。

《毕生为文化而奋斗——中国第一出版家张元济》

张元济参与、主持和督导商务印书馆近六十年，使其从简单的印刷企业转变为当时中国教育出版的旗帜。张元济一生爱书，在中华大地动荡不安的年代里，他用自己对文化的热爱，续存着中华民族灿烂悠久的文明之光。

《独树一帜　梨园大师——著名京剧表演艺术家梅兰芳》

梅兰芳，京剧大师，演唱风格独树一帜，世称"梅派"。曾先后赴日本、美国、苏联演出，并荣获美国波摩那学院和南加州大学的荣誉文学博士学位。作为一位爱国者，抗战期间蓄须明志，拒绝为日本人演出，为后世称颂。

《华侨旗帜　民族光辉——爱国侨领陈嘉庚》

陈嘉庚是著名的爱国华侨领袖、企业家、教育家、慈善家、社会活动家。他为辛亥革命、民族教育、抗日战争、解放战争、新中国的建设做出了卓越的贡献。生前被毛泽东誉为"华侨旗帜、民族光辉"。

《向雷锋同志学习——伟大的共产主义战士雷锋》

雷锋，一个平凡而伟大的共产主义战士，一心向着党，一生秉承着全心全意为人民服务、无私奉献的崇高思想；发扬刻苦学习和钻研理论的"钉子"精神；坚持勤俭节约、艰苦奋斗的优良作风。毛泽东为其题词："向雷锋同志学习。"

《人民的好公仆——县委书记的好榜样焦裕禄》

焦裕禄，被誉为县委书记的好榜样。他用自己的革命精神，展开了与大自然、与社会落后现象、与病魔的多重抗争，让我们领略到一

111

全民皆兵　抗击日寇

——抗日战争的故事

个共产党人的生之伟大、死之壮美的人格品质和具有现实教育意义的精神魅力。

《文学巨匠　京味大师——人民作家老舍》

老舍是我国现代小说家、文学家、戏剧家。他用融入骨髓的真诚文字反映生活的喜怒哀乐。老舍的一生，总是在忘我地工作，他是文艺界当之无愧的"劳动模范"，生前被北京市人民政府授予"人民艺术家"的称号。

《革命老人——无产阶级教育家徐特立》

徐特立是一代伟人毛泽东的老师。他出生在贫苦家庭，大部分时间生活在动荡艰苦的年代；他刻苦勤奋，不畏艰辛，追求光明，一生勤俭，为革命培养了大量的人才；他对党和人民任劳任怨，鞠躬尽瘁。他坎坷奋斗的一生，留下了许多可歌可泣的故事。

《人生能有几回搏——新中国第一个世界冠军容国团》

容国团先后担任中国乒乓球队运动员、女队主教练。获得1959年男子单打世界冠军；1961年夺得男子团体世界冠军；作为中国女队主教练，1965年率女队第一次夺得女子团体世界冠军。他的"人生能有几回搏"的豪言，举国传诵。

112

《石油工人一声吼　地球也要抖三抖——铁人王进喜》

王进喜，新中国第一批石油钻探工人。他为祖国石油工业的发展和社会主义建设立下了不朽的功勋，在创造了巨大物质财富的同时，还给我们留下了宝贵的精神财富——铁人精神。他被评为"百年中国十大人物"，写入中华民族的光辉史册。

《做人民需要我做的事——著名地质学家李四光》

李四光是一位伟大的科学家，他一生从事地质学研究工作，足迹遍布祖国的山川，为祖国探明了许多地下宝藏；他创建了崭新的学说——地质力学；他历尽重重困难，为正确认识地质构造开辟了一条新路。

《中国化学工业的先驱——著名化学家侯德榜》

为摆脱纯碱需要进口的窘况，20世纪初，怀着"实业救国"梦想的中国化工先驱侯德榜等人创办了永利碱厂，并立志生产出中国人自己的碱。1926年，永利碱厂终于成功地生产出"红三角"牌纯碱，从此中国制碱业得以跨入世界先进行列。

《毕生求是　一丝不苟——著名科学家竺可桢》

著名科学家竺可桢献身科学研究；治学严谨，一丝不苟；一生廉洁，两袖清风；作风民主，爱护学生。他以爱国之心、报国之志，从一个民主主义者逐渐成长为一个共产主义战士。

《热爱自然的大地之子——著名植物学家蔡希陶》

蔡希陶，五十载风雨，五十载坎坷，五十载奋斗，五十载开拓，为了发现对人类生产、生活有用的植物及新物种的引进而做出巨大贡献，在中国的植物资源学史上将永远镌刻着他的名字。

《高洁无私的襟怀——知识分子的楷模蒋筑英》

蒋筑英是中国当代知识分子的先锋典范，他不为名，不为利，尊重科学；他以坚忍的毅力和顽强的作风，在科学的道路上呕心沥血，鞠躬尽瘁，无私地奉献了青春和生命。

《迎接新生命的天使——卓越的妇产科专家林巧稚》

林巧稚是国内外享有盛誉的妇产科专家。在五十多年的医学教育和临床实践中，林巧稚亲自接生了五万多婴儿，治愈了数千病人，培养了数以百计的专门人才，为我国的妇女儿童事业做出了不可磨灭的贡献。

《独自成千古　悠然寄一丘——国画大师张大千》

张大千是20世纪中国画坛最具传奇色彩的国画大师，无论是绘画、书法、篆刻、诗词无所不通。在艺术界深得敬仰和追捧，艺术家们用真挚的感情，用绘画和雕塑展现了"张大千"多彩的艺术形象。

《建造中国的通天塔——著名数学家华罗庚》

中国当代著名数学家华罗庚，为中国数学的发展做出了无与伦比的贡献，他是中国解析数论、典型群、矩阵几何等多方面研究的创始人与开拓者，也是我国最早将数学理论研究与生产实践紧密结合的科学家。

《问鼎长天　强我国威——两弹元勋邓稼先》

邓稼先是我国著名科学家，参加组织和领导我国核武器的研究、设计工作，从对原子弹、氢弹原理的突破和试验成功及其武器化，到新的核武器的重大原理突破和研制试验，作出了重大贡献。是我国核武器理论研究工作的奠基者之一，被誉为"两弹元勋"。

《敢叫天堑变通途——桥梁专家茅以升》

中国著名的桥梁专家茅以升从小立志为祖国建造桥梁，经过不懈努力，他不仅设计建造了一座座宏伟壮观、坚固实用的道路桥梁，而且搭建了一座座友谊之桥，为祖国建设作出了卓越贡献。

《蘑菇云之梦——核物理学家钱三强》

被誉为"中国原子弹之父"的核物理学家钱三强，更名后立志于科技报国；24岁投师于世界著名核物理学家居里夫妇；与夫人何泽慧合作，发现铀的"三分裂""四分裂"现象；统领我国的原子大军，做了大量创造性工作。

《两离桑梓地　满怀雪域情——领导干部的楷模孔繁森》

孔繁森，是一位一尘不染、两袖清风的好干部。两次进藏工作，历时十载，为西藏的建设、发展和稳定作出了突出的贡献。1994年11月，孔繁森不幸以身殉职。人民群众称他为新时期领导干部的楷模。

《摘取数学皇冠上的明珠——著名数学家陈景润》

陈景润是享誉世界的数学家，为了证明"哥德巴赫猜想"，他以惊人的毅力在数学领域里艰苦跋涉，终于攻克了世界著名数学难题"哥德巴赫猜想"中的"1＋2"，创造了中国乃至世界数学史上的辉煌。

《学术独步 饮誉四海——享有国际威望的科学家卢嘉锡》

卢嘉锡是一位在国际科学界享有崇高威望的物理化学家、化学教育家和科技组织领导者。1945年，卢嘉锡满怀"科学救国"的热忱回到祖国，对中国原子簇化学的发展起了重要推动作用，他所指导的新技术晶体材料科学研究，也取得了重大成绩。

《德艺双馨 梨园楷模——著名豫剧表演艺术家常香玉》

常香玉1941年赴陕甘演出。1948年在西安创办香玉剧社。1951年为支援抗美援朝，率剧社巡回西北、中南、华南各地演出，以演出收入捐献"香玉剧社号"战斗机一架，素有"爱国艺人"之誉。

《文学大师 激流勇进——著名作家巴金》

本书以巴金生平和主要事迹为线索，回顾和展示现代著名作家巴金的一生，以期让人们看到巴金在这风云变幻的100多年中，有过成功的欢欣，有过屈辱的磨难，有过痛苦的忏悔，有过平静的安宁。巴金的人生，映照着一代中国五四知识分子坎坷而不平凡的命运。

《壮心系科学 孜孜为国昌——理论化学家唐敖庆》

本书讲述了唐敖庆从出国求学、学业有成、回国任教，到服从安排、艰苦工作、刻苦钻研，最终成为中国量子化学奠基者的过程。让人们看到了这位著名化学家的赤心爱国、严谨治学、大公无私的崇高品格和科研上的卓越成就。

《中国导弹之父——著名科学家钱学森》

当第一颗原子弹升空的时候，当中国的人造卫星奏响《东方红》的时候，当中国运载火箭腾空而起的时候，当中国研制的导弹准确命中目标的时候，人们都会想起他的名字：中国导弹之父钱学森。

《中国近代力学的奠基人——著名科学家钱伟长》

钱伟长曾以中文和历史两个100分的成绩考入清华大学。九一八事变后，钱伟长毅然放弃了文科的学习而转为理科。他是中国近代力学、应用数学的奠基人之一，在固体力学、流体力学以及航空航天领域，取

全民皆兵 抗击日寇

得了卓越的成就，为新中国的现代化建设付出了毕生的精力。

《中国光学科学的奠基人——著名科学家王大珩》

王大珩是我国著名的科学家，中国光学科学的奠基人。他先在清华就读，后赴英国求学，学业有成，立志科学救国，其成就享誉神州。他以科学的求是精神和赤诚的爱国情怀，探索着中国光学发展的闪光之路。